$$\left(\begin{array}{c}\textit{Second}\\ \textbf{RACHEL } \textit{Place}\\ \textbf{CUSK}\end{array}\right)^{2}$$

[英] 蕾切尔·卡斯克　著

苏凉　译

广西师范大学出版社

GUANGXI NORMAL UNIVERSITY PRESS

·桂林·

第二处

图书在版编目（CIP）数据

第二处 /（英）蕾切尔·卡斯克著；苏凉译.——
桂林：广西师范大学出版社，2023.9
书名原文：Second Place
ISBN 978-7-5598-5964-8

I.①第… II.①蕾… ②苏… III.①中篇小说 –
英国 – 现代 IV.①I561.45

中国国家版本馆CIP数据核字（2023）第089765号

著作权合同登记号桂图登字：20–2023–031号

DI' ER CHU
第二处

作　　者：（英）蕾切尔·卡斯克
责任编辑：谭宇墨凡
特约编辑：王韵沁
装帧设计：汐 和　at compus studio
内文制作：陆 靓

广西师范大学出版社出版发行

　广西桂林市五里店路 9 号　邮政编码：541004
　网址：www.bbtpress.com
出版人：黄轩庄
全国新华书店经销
发行热线：010–64284815
北京华联印刷有限公司印刷
开本：787mm × 1092mm　1/32
印张：6.25　　字数：92千
2023年9月第1版　2023年9月第1次印刷
定价：65.00元

如发现印装质量问题，影响阅读，请与出版社发行部门联系调换。

我和你说过的，杰弗斯，有一回，我在一列离开巴黎的火车上遇到了魔鬼。那次相遇之后，一向平静地潜伏在事物表面下的邪恶升了起来，涌入生活的每个部分，像一种污染，杰弗斯：邪恶渗入一切，弄坏一切。我之前都不知道生活有这么多部分，直到每个部分都开始释放恶的潜力。我知道你一直了解，也写过这一类事，即使别人不想听，觉得沉湎于坏与错是乏味的。即便如此，你还在继续，继续去建造一个供人们在事情变坏时可栖身的庇护所。而事情总是会变坏！

　　恐惧不过是一种习惯，而习惯会杀死我们的本质。杰弗斯，那些年的恐惧留给我的是一种空白。我总觉得有什么东西会忽然跳出来吓我——我总觉得还会再听到那个魔鬼在火车上来来回回追赶我那天发出的笑声。当时正是午后，很热，车厢里很拥挤，我以为换个地方坐着就可以远离他了。可每次我换了座位，几分钟后他又会出现，趴在我对面，笑着。他想对我做什么，杰弗斯？他的样子很可怕，又黄又肿，充血的眼睛是胆汁色的，笑的时候露出肮脏的牙齿，正中间的一颗全黑了。他戴耳环，身上略浮华的衣服被不断涌出的汗水弄脏了。他出汗越多，就笑得越厉害！他喋喋不休，说一种我分辨不出的语言——但很吵，听上去全是脏话。你无法真的对这一切视而不见，但车厢里的所有人恰恰都视而不见。杰弗斯，魔鬼还带着一个女孩，一个令人惊诧的小东西。她不过是个孩子，一个涂满油彩、几乎没穿衣服的孩子——她坐在他膝上，张开双唇，在他爱抚她时，目光柔软，像一只愚蠢的动物。没有人说什么、做什么来阻止他。在那列火车上的所有人中，最有可能试图阻止他的，会是我吗？也许他跟着我在车厢里来来去去是为了诱惑我这样做。但我不在自己的国家：我只是一个过客，正要回家去，一个我暗暗害怕的家，因此似乎不应该由我出面阻止他。在你作为个体的道德责任最显著的时刻，你很容易相信自己并不重要。如果我当时挺身而出，或许之后的事都不会发生。但那一回，我想，让别人去做吧！我们就这样失去对自己命运的掌控。

我的丈夫托尼时不时告诉我，我低估了自己的力量。我不知道这是否意味着，比起其他人，生活对我而言——就像对一个没有痛感的人而言——更加危险。我经常觉得有些人不能，或不会，吸取生活的教训。这样的人生活在我们之间，是一种烦扰，也可能是一种恩赐。他们造成的事可以说是麻烦，也可以说是改变——但重要的是，即使他们可能不是故意的，也不想这样，但他们让事情发生了。他们总是搅乱局面，表示反对，破坏现状，他们不愿顺其自然。他们自己不好也不坏——关于他们的这点很重要——但他们一眼就能分辨出好坏。杰弗斯，难道这就是好与坏在我们的世界里相伴相生的原因吗？因为有些人不愿意让其中一方占上风？那天在火车上，我决定假装不是这样的人。周围的人举起书报挡住他们的脸，好不看见魔鬼，藏在那些书报后面，生活忽然看起来分外轻松！

可以确定的是，在那之后，许多事都改变了，而我不得不用我所有的力量、我对正义的信念，和我承受痛苦的能力，才从这些改变中幸存，以至于我几乎为之而死——在那之后，我不再给任何人添麻烦了。有一阵子，就连我的母亲都认为她是喜欢我的。最终，我找到了托尼，他帮我重新振作起来。但当他赠予我沼泽上平静而温柔的生活时，我做了什么呢，我挑剔这份美丽，这份平静，并想要搅乱它！你知道这些事的，杰弗斯，因为我在哪里写过——我提起来，只是为了让你明白这与我现在要说的事的联系。我当时觉得，这么美的东西，如果毫无抵抗力，也没什么好的：如果我可以伤害它，那任何人都可以。无论我拥有的是什么力量，它在愚蠢的力量面前都不值一提。这曾是，也依旧是，我这样做的原因，尽管我本可以抓住这个机会在这里过安闲而不费力的田园生活。荷马在《伊利亚特》中说得很明白了，他提到那些死于战斗之人的安居乐业，还有他们华丽的战袍和手做的战车和盔甲。一切甜蜜的耕耘和建造，一切财产，都被一剑劈开，在踩过一只蚂蚁的几秒钟内就湮灭了。

杰弗斯，我想和你一起回到那个巴黎的早晨，在我登上那列载着肿胀、黄眼的魔鬼的火车之前：我想让你明白这一切。你是一个道德家，只有一个道德家才能理解那天开始的火焰如何得以闷烧多年，火焰的核心如何悄无声息地持续燃烧并秘密给自己提供燃料，等到我的境遇终于好转，它又燃起新的事物，重新焕发生命。那场火是在巴黎种下的，那天清晨，诱人的黎明笼罩着西岱岛*苍白的轮廓，空气处于绝对静止的状态，预示着美好的一天。天越来越蓝，更蓝，水岸边新鲜的绿叶在暖意中一动不动。将街道一分为二的块状光影，就像躺在山脉表面，却似乎又来自山脉内部的永恒的原始形状。城市静谧无人，仿佛城市自己就是人，只有无人在场的时候才会显形。夏夜短暂、炎热，我在旅馆的床上彻夜难眠，所以一看到窗帘之间黎明的曙光，我就起身下楼，去河边走。杰弗斯，这样描述我的经历，似乎有点傲慢，而且毫无意义，好像我的经历很重要似的。不用说，此刻一定有人正走在同一片河岸，犯着和我一样的罪，罪在相信事情发生都有原因，而这个原因就是她自己！但我需要告诉你我那天早上的心境，我感受到的无限可能，才能让你理解这之后发生的事。

前一晚，我同一位著名作家在一起，他其实没

---

* 西岱岛（Île de la Cité）位于塞纳河，是巴黎城区的发源地，巴黎圣母院即在该岛上。

什么特别的，不过是个非常幸运的男人。我在一场画廊开幕上遇见他，他费了不少力气带我离场，满足了我的虚荣心。那些年我不怎么受到性关注，尽管我还年轻，我想也够好看。问题在于，我有着狗一样愚蠢的忠诚。这个作家当然是一个让人受不了的自我主义者，还是个骗子，甚至不是一个好骗子。而我，要独自在巴黎过夜，我不满的丈夫和孩子还在家等我，我是如此渴望爱，似乎愿意从任何来源汲取它。真的，杰弗斯，我是一条狗——我的身体里有那么沉的东西，我只能像一只痛苦的动物一样毫无意义地扭动着。这沉重的东西把我钉在深处，我捶打挣扎想要逃脱，游去生活光明的表面——至少从底下看上去，是光明的。在这个自我主义者的陪伴下，在巴黎的夜色里，从一家酒吧流浪到另一家，我第一次暗暗感到毁灭的可能性，毁灭我所建造的东西。不是为了这个人，我向你保证，而是为他象征的可能性——那一晚前我从未想到过的、剧变的可能。这个自我主义者始终沉醉于自身的重要性，在以为我注意不到的时候，往他干燥的嘴唇之间塞进一颗颗薄荷糖，并不断谈论他自己：其实他骗不了我，尽管我承认，我希望自己能信他。他给了我足够多的绳子来吊死他，但我当然没有——我假装应和，甚至也半信半疑了，就像我说的，他显然从来都很幸运。凌晨两点，我们在旅馆门口告别，他明显决定了——明显到了毫无风度的地步——无论我们一起过夜会对他的现状造成什么影响，我都不值得他冒险。我爬上了床，拥抱着回忆里他对我的关注，直到屋顶似乎从旅馆升起，墙开始远去，星光点点的巨大黑暗笼罩着我，裹挟着我感受到的事物的含义。

为什么我们在自己的虚构中活得如此痛苦？为什么我们会为自己创造的东西如此受难？你明白吗，杰弗斯？我一生都想要自由，但我甚至没有成功解放自己的小脚趾。我认为托尼是自由的，而他的自由并不怎么起眼。他爬上他的蓝色拖拉机，去修剪春天里必须修剪的长草。我看他戴着松软的大帽子，平静地在天空下上上下下，在引擎的噪声里来来回回。他的周围，樱桃树正涌起，树枝上的小小疖子为他努力绽放，云雀在他经过的时候冲向天空，像杂技演员一样悬在空中歌唱旋转。与此同时，我只是坐在那里，直直地看着前方，无所事事。就自由而言，这就是我能做到的一切：摆脱我不喜欢的人和事。在那之后，就没剩下些什么了！托尼在地里干活的时候，我起身为他做饭，去菜园里采香草，到棚子里找土豆。每年的那个时候——春天，我们存放在棚子里的土豆开始发芽，尽管我们把它们放在彻底的黑暗里。土豆抛出这些白色肉质的手臂，因为它们知道春天到了。有时看着一个土豆，我会意识到一个土豆比大多数人知道得更多。

那个巴黎夜晚之后的早晨，我起床去河边散步，身体几乎感觉不到地面：波光粼粼的绿水、浅米色的磨损倾斜的石墙，以及当我经过石墙时，照在墙上和我身上的晨光，这一切构成一种轻盈的氛围，我因此失去重量。我在想这是不是被爱的感觉——我说的是那种重要的爱，在你严格意义上还不知道自己存在时得到的爱。那一刻，我感到无限的安全。我究竟看到了什么会有这样的感觉？因为实际上，我一点也不安全；实际上，我瞥见一种可能性的萌芽，很快会像癌症一样在我的生活里成长肆虐，消耗岁月，消耗物质；实际上，几个小时之后，我就会与魔鬼面对面坐着。

我一定漫无目的地走了很久，因为当我回到街上的时候，商店都开门了，阳光下人来车往。我饿了，于是开始打量店面，找一个可以买东西吃的地方。我不擅长应对这种情况，杰弗斯：对我来说，满足自身需求很难。看到其他人推挤着，要求着，得到他们想要的，我会想，那还是不如不要。我会退缩，为需求感到尴尬——我自己的和他人的需求。这听起来像是一种荒谬的特质，我一直清楚，危机中，我会是第一个被踩在脚下的人。但我发现小孩子也是这样，他们会因为自己的身体需求觉得尴尬。当我告诉托尼，我会是第一个倒下的人，因为我不会为自己去争取什么时，他笑了，说他不这么认为。杰弗斯，瞧瞧我的自知之明！

无论如何，那天早上，巴黎的人不多，而我走在巴克路附近的街上，那里原本就没有吃的东西。相反，商店里摆满了奇异的织物、古董，以及殖民时代的珍品，一件的价格就是普通人几个星期的工资。它们还带着一种特别的香气，我想那是金钱的香气。经过时，我从橱窗看进去，仿佛我正在考虑一大早买一颗大型非洲木雕人头。街道是光与影的完美鸿沟，我确保自己走在阳光下，除此之外，没有任何目的或方向。不一会儿，我看见前方的人行道上放着一块牌子，牌子上有一幅图像。那幅图像，杰弗斯，是一幅L的画，是附近一家画廊在为L的画展宣传。即使在远处，我也看出了一点什么，尽管我直到现在还是说不清那到底是什么，因为我虽然隐约听说过L，但我不记得是在什么时候、以什么方式听说他的，也不太确定他是谁，都画些什么。尽管如此，他打动了我：在那条巴黎的街道上，他呼唤了我，而我跟随一块又一块的牌子来到那家画廊，径直从敞开的门走进去。

杰弗斯，你一定想知道，他们选了他的哪幅画宣传，以及那幅画为什么对我有这样的影响。从表面上看，L的作品并不会出于什么特别的原因召唤一个我这样的女人，或者任何女人——真的，那些作品最不可能召唤的就是一个叛逆边缘的年轻母亲，尤其因为，她不可实现的渴望，反过来被他画作中散发的绝对自由的光环具象化了：直到最后一笔，那都是一种本质性的、不悔改的男性自由。这个问题急需解答，但又没有明确而令人满意的答案，只能说，这个世界上的大多数表现形式，以及世界上人类经验的大多数表现形式里，都有这种男性自由的光环。而作为女人，我们已经习惯把这种光环翻译成我们自己可以识别的东西。我们拿出我们的字典，苦苦思索，绕过一些无法理解或领会的部分，以及一些知道自己无权获得的部分。瞧！我们也参与了。这就像是穿借来的华服，有时是彻头彻尾的冒名顶替。由于我从一开始就不觉得自己有太多女性特质，我相信冒名顶替的习惯在我身上比大多数人更深，以至于我的有些方面看起来确实很男性化。事实上，从一开始，我就收到一个明确的信息，那就是如果我是个男孩，一切都会变得更好：那才是对的，才是应该的。然而，我从未发现自己男性化的部分有什么用，正如 L 之后向我展示的那样。关于那段时间发生的事，我会告诉你的。

顺便说一句，那幅画是一幅自画像，L 引人瞩目的肖像画之一，画中的他有些许距离，大概是你通常和一个陌生人保持的距离。看到自己，他几乎有些惊讶：他给那个陌生人的一瞥，与大街上的任何一瞥一样客观无情。他穿普通的格子衫，头发向后梳，从当中分开。尽管感知这一行为是冷漠的——杰弗斯，那是一种宇宙般的冷漠与孤独——画中细节的呈现（正装衬衫、梳过的头发和由于没有看见认识的人而毫无生气的朴素五官）是这个世界上最人性、最温情的事。看着那幅画，我感到的是怜悯，对我自己和我们所有人的怜悯：一个母亲对她终有一死的孩子可能会有的那种无言的怜悯，尽管她依旧会温柔地为孩子刷牙、穿衣。可以说，那幅画给我奇妙、飘然出尘的状态添上最后一笔——我感到自己正掉出多年来一直生活的框架，在特定环境下人性含义的框架。从那一刻起，我不再沉浸于自己的生命故事中，而是与之分离。我读的弗洛伊德够多了，早该从中认识到这一切是多么愚蠢，直到L的画让我真正看到这一点。换句话说，我看到，我是孤单的。我看到那种状态的恩赐和负担，这是此前从未真正向我揭示过的。

你知道，杰弗斯，我对事物为我们所知之前的存在感兴趣——部分原因是，我很难相信它们真的存在！如果你从记事之前就一直被批评，你便几乎不可能将自己定位在被批评之前的时间或空间中：换句话说，你几乎不可能相信你存在。批评比你自己更真实：实际上，批评似乎创造了你。我相信很多人行走世间都带着这个问题，这导致了各种各样的麻烦——就我而言，它导致我的身心从一开始就相互分离，那时我不过几岁大。但我想说的是，绘画和其他创造物可以给你一些宽慰。当其他时间和空间已经被批评抢先占据，它们给你一个位置，一个容身之所。不过，文字创造的东西不算：至少对我来说，文字没有同样的效果，因为文字需要经过我的大脑才能靠近我。我对文字的欣赏必须通过脑力。你能原谅我吗，杰弗斯？

那天，还很早，画廊里没有其他人，寂静中，阳光透过大窗户照进来，在地板上投下一池池明亮。我像创世第一天森林里的牧神*一样快乐地走来走去。那是一个所谓的"大型回顾展"，似乎意味着你终于足够重要了，可以安心地死了——尽管 L 当时还不到四十五岁。展览有至少四个大房间，但我一个接一个，畅快淋漓地享用它们。每次我走近一幅画——从最小的素描，到最大的风景画——我都有同样的感觉，我甚至想，不可能再来一次吧。然而，一遍又一遍，每当我面对一幅画，这种感觉又来了。这到底是什么呢？杰弗斯，那是一种情感，但也是一个短句。文字居然可以如此确切地伴随这种感受，这似乎与我刚才对于文字的评论相矛盾。但在我内心深处找到那些文字的不是我自己，而是

---

*　罗马神话中主管畜牧的神，半人半羊，生活在树林里。

那些画。我不知道那些文字属于谁，甚至不知道是谁说的——我只知道，它们被说出来了。

那些画很多都画的是女人，一个特定的女人。我对它们的情感更清晰，但就连这些情感也有些过于轻松，脱离了实体。其中有一张炭笔画的小素描，画的是一个在床上睡觉的女人，她深色的脑袋在凌乱的床单上只是一个被遗忘的污点。我承认，在看到那份激情的记录时，我心里有一种苦涩无声的哭泣：它似乎定义了我一生中不曾知道，也可能永远不会知道的一切。许多大一点的肖像画里，L画了一个深色头发、较为丰腴的女人——他自己也经常在画里，和她在一起——我好奇，她和那个几乎被欲望抹去的床上的污点，是不是同一个人。在那些肖像画里，她往往戴着某种面具或伪装，有时她似乎爱他，另一些时候她只是在容忍他。但他的欲望，一旦来临，就熄灭了她。

然而，是在那些风景画中，那个短句最为响亮。正是这些图像，多年来一直在我脑海中闷烧，直到——关于那段时间，杰弗斯，我会说到的——火焰在我周遭再次熊熊燃起。L的风景画充满了宗教性！当然，这是说如果人类的存在可以是一种宗教的话。L画一幅风景，是在回忆他是怎么看到那片风景的。这是关于那些画，我能做的最好的描述：关于我怎样看它们，以及它们带给我的感受。你肯定能描述得更好。但重要的是，我想让你明白，为什么多年后，在另一个地方，我又想起L和他的风景画，那时我已经和托尼住在沼泽，想法也完全不同了。我现在意识到，我爱上托尼的沼泽是因为它有相同的特性，一种回忆中的东西的特性，而这种特性与存在的瞬间是不可分割的。我永远无法捕捉它，也不知道我为什么要捕捉它，但这是人类宿命论的一个绝佳例子！

　　杰弗斯，你可能会好奇，那个从L的画里跑出来的，如此清晰地说给我听的短句是什么。它是：我在这里。我不会告诉你我觉得这句话是什么意思，说的是谁，因为那样就等于想要结束它的生命。

一天，我写信给 L，邀请他来沼泽：

亲爱的 L

理查德·C 给了我你的联系方式——我们好像都是他的朋友。我第一次接触你的作品是在十五年前。当时你的画把我从街上领走，带我走上通往对生活的另一种理解的道路。我是说真的！如今，我和我丈夫托尼生活在一个很美的地方，很美，但又美得微妙，艺术家似乎经常在这里找到工作的意志、能量，或只是机会。我希望你能来，透过你的眼睛看看这个地方。我们这里的风景是一个谜团，很吸引人，又让人终究不得要领。它充满了凄凉、慰藉和神秘，至今还没有告诉任何人它的秘密。

大海每天涨潮两次，涌进沼泽的河床和裂缝，运走——我喜欢这样理解——沼泽思想的证据。过去这些年，我每天都会走在沼泽上，它每次都不一样。当然，来这里的人总想试着画它，可他们只不过画出了自己的所思所想——他们想在沼泽中找到戏剧、故事或一个特别之处，但这些只是沼泽次要的性格。我把沼泽想象成某个沉睡的神或动物巨大的、毛茸茸的乳房，它的动作像梦游者的呼吸那样深沉、缓慢。这只是我的想法，但我大胆猜测你可能也会有同样的想法，并且这里有一些东西是给你的——也许只有你能看见。

我们过得简单舒适，还有第二个住处，访客可以在那里住下，想独处也完全没问题。我们接待过不少访客，他们一个接一个来这里做他们的工作，有时待几天，有时几个月。我们不记日历，到目前为止也不怎么需要——一切都很自然。就像我说的，如果你想，你完全可以一个人待着。来这里的最佳时节是夏天，想那时候来的访客最多。如果你有兴趣，我可以再写信告诉你更多细节：我们在哪里、我们的生活、如何到达这里，等等。我们这儿很偏远，不过几英里*外有一个小镇，可以在镇上买到所需的便利品。人们常说，这是世上最后的地方。

M

他几乎立马就回信了，杰弗斯，这让我有些意外。我开始想我还能召唤谁，只要我坐下来，动用我的意念！

M

我收到了你的便条，在马里布海滩那家新餐厅的露台上读了，边读边遮住我的眼睛，以挡住让人联想到地狱之火和硫黄的血淋淋的落日。我在洛杉矶布置我的新展，几周后开幕。这里的污染太恶心了。相比之下，你毛茸茸的沼泽听起来不错。

我好多年没见理查德·C了，不知道他现在在做什么。

---

* 1英里约为1.6千米。

正好，我现在一个人，可以尝试点不同的东西。我想试着做点什么，也许就试试看你说的。我好奇当时你看到了什么，能把你从街上带走。

无论如何，再给我具体讲讲吧。你描述的地方听上去很偏僻，但我还没找到比纽约让我更自由、孤单的地方。那儿真的没有人吗，还是说你提到的那个小镇养着一大群文艺青年？

无论如何，回复我。

L

又及：我的画廊经理说她好像去过你那儿。有可能吗？根据你的描述，听起来不像是她会去的地方。

我回信给他，和他说了更多细节，关于托尼、我、这里的生活，以及我们是什么样的，我也试着给他描述第二个住处，我们叫它"第二处"。杰弗斯，我确保没有夸大其词：托尼让我明白，我那种为取悦他人而美化事物的习惯，反而会造成失望，我自己比别人更失望。这是一种控制欲，就像慷慨很大程度上也是一种控制欲。

当托尼买下一块与我们的土地接壤的荒地时，我们建造了第二处，以防土地被滥用。我们这里关于土地开发的规定很严格，不过，人们自然会想方设法绕过这些规定。最常见的就是以砍伐盈利为目的植树，他们种的那些苍白无力的树长得又快又直，像士兵一样排排站，很快又像士兵一样被砍倒，只剩下乱糟糟的残根。我们不愿这些可怜的士兵日日夜夜经过我们的窗子走向死亡！于是我们买下了这片荒地，打算或多或少把它交付给自然。但一开始清理那些荆棘和倒下的树，事情就完全不一样了。托尼认识一群男人，每当有体力活要做的时候，他们会互帮互助。杰弗斯，这些荆棘丛有的高达二十英尺*，它们为了自保用尽全力对这些男人又抓又挠，但被砍断之后，下面藏着各种各样的东西：我们找到一艘烂了一半的、鱼鳞式构造的漂亮帆船，还有两辆老爷车，最后，是一整座埋在成堆的常春藤下的小屋！我们发掘出的是一个生命的珠被，点睛之笔是从小屋看到的沼泽风景，比从我们自己房

---

* 1英尺约为0.3米。

里看到的还要好。我经常对曾经住在小屋里的那个人感到好奇，他的人生被如此深刻地遗忘，以至于切实地烂回了土地里。那两辆车的腐蚀状态深沉而有趣，我们就任其自然，并修剪周围的草，让它们成为展览品。对那艘船，我们也一样，就让它站在一个斜坡的顶端，船头朝大海扬起。我觉得这艘船有点忧郁，因为它似乎总在呼唤遥不可及的某人某事。但随着时间推移，那两辆车继续威严地倒塌，仿佛一心想要发现属于自己的真相。小屋很肮脏也很忧伤，我们很快意识到需要翻修它，才能帮它摆脱那种令人难过的、人类独有的忧伤。屋子内部完全被火烧黑了，男人们的理论是，这其中书写了前一位屋主的命运。于是男人们在托尼的指挥下把屋子整个拆掉，然后用手把它重建起来。

杰弗斯，你没见过托尼，但我相信你们会合得来：他很务实，就像你一样，他也不布尔乔亚，完全不会疏忽大意，不像大部分布尔乔亚的男人骨子里就是疏忽的。他不表现出这个弱点，也不需要通过忽视一件事来掌控它。不过，托尼有一些"确信的事"，源于他的特殊知识和职业，这很有用，也令人安心，直到你发现你反对某件他"确信的事"！

我从没见过托尼这样的人，他不怎么被羞耻感烦扰，也不想让别人感到羞耻。他不评论也不指责，这让他相比大多数人，总陷于沉默的海洋。有时候他的沉默让我觉得自己是隐形的，不是说他看不见我，而是我看不见自己，因为，我和你说过的，我一生都在受人批评：是批评让我知道自己存在。然而因为我是他"确信的事"之一，他很难相信我会怀疑自己的存在。有时，他会在我又一次的情感爆发之后说，"你是要我批评你"。而他就只说这一句话！

我告诉你这一切，杰弗斯，是因为这和第二处的建造和用途有关。我们希望它能为那些尚未到来的事物提供一个家——那些我在生活中以这样那样的方式开始了解和关心的、（在我想来）更崇高的事物。这并不是说我们设想建立某种社群或乌托邦，只是托尼明白我有自己的兴趣。他明白，虽然他满足于沼泽上的生活，我却不一定如此。我需要某种程度的交流，无论多少：与艺术的概念交流，与信守这些概念的人交流。而这些人确实来了，也确实与我们交流了，尽管他们最后似乎总是喜欢托尼胜过喜欢我！

杰弗斯，对早婚的人来说，一切都始于他们年轻时的共同根源，直到你认不出哪个部分是自己，哪个部分是另一个人。所以，如果你想把自己和对方割开，就会是一种从根开始一直到树枝最尖端的割裂，一个血腥混乱的过程，直到你似乎失去了一半的自我。但如果你结婚晚，婚姻更像是两种截然不同的事物的相遇和碰撞，正如大陆板块相互碰撞，并在漫长的地质时间中交融，留下巨大的山脉接缝作为融合的证据。比起一个有机过程，这更像是一个空间事件，一种外部表现。人们可以在托尼和我之间以及周围生活，却永远无法进入并栖居于初婚（无论生死）的黑暗核心。我们的关系有诸多开放性，但也存在一些困难，一些必须克服的自然挑战：我们必须建造桥梁，打通隧道，穿过已定型的东西去理解彼此。第二处就是这样一座桥梁，托尼的沉默是桥下静静流淌的河。

第二处在主屋上方的一个缓坡上，一片林间空地将它们隔开。每天早晨，太阳从林间升起照进我们的窗户；傍晚，太阳落山时，也会穿过同样的树林，落入第二处的窗户。那些窗户是落地窗，因此，沼泽那悠长平直的沙洲和其戏剧性——席卷一切的流光溢彩，远方酝酿的风暴，大群海鸟在沙洲表面上漂浮或沉降形成的白色斑点，大海时而在最远的天边沸腾着白沫咆哮，时而闪着光沉默地前进，直到将一切都覆盖在一张水玻璃上——这一切仿佛就和你在同一个房间里。

落地窗是托尼"确信的事"之一，我却从一开始就反对，因为我认为一座房子首先应该是安逸的，让你身在其中能忘记外面的世界。这种隐私的缺乏让我不安，尤其在晚上，灯亮着的时候，房子里的人有可能会忘记外面的人可以清清楚楚地看见他们。我非常害怕在别人毫无察觉的情况下看到他们，并看到一些我宁可不知道的事！但对托尼来说，风景有一种精神意义，你不该只是谈论或描述它，你需要与它相依相生，直到风景回望你，并将自身融入你所做的一切。我看着他在砍柴或挖菜时停下来，抬眼看向沼泽片刻，然后继续他的工作。于是我们将沼泽和蔬菜一同吃下，在晚上将沼泽投入炉火取暖。

关于那些落地窗，托尼不听我的，甚至到了装作听不见我说话的地步。之后，每当我提起这个话题，谈起它们造成了多大的麻烦，他都会沉默地听着，然后说，"我喜欢它们"。我想这大概是他承认错误的方式。我们的第一个访客是一位试图录制和复刻鸟鸣的音乐家，他把整个地方改造成一间工作室，装满大黑盒子和带有刻度盘与闪烁灯的离奇仪表盘。那时，我穿过树林，给他带去一些他的信件，而他就站在灶台边，赤身裸体，煎着鸡蛋！我本想悄悄溜走，但他透过窗看见了我，就像我看见他那样，于是他不得不走到门口拿他的信，依旧一丝不挂，因为他显然下定决心，最好还是假装没有发生什么不同寻常的事。

或许确实什么也没有发生，杰弗斯，或许这个世界上多的是托尼和这个音乐家那样的人，他们觉得看见和被看见没有什么好在意的，不管有没有穿衣服！

这个事件之后，我被允许挂上一些窗帘。我很为那些美丽厚重的浅色亚麻窗帘感到自豪，虽然我知道托尼每次看到都觉得碍眼。地板铺的是男人们自己抛光打磨的宽栗木，墙壁是粗糙的白色石膏，所有橱柜和架子都是用同样的栗木造的，整个地方非常温馨自然、匀称、有质感，带着甜甜的香气，完全不像一些新地方那样冰冷方正。我们腾出一个大房间，里面有灶台、火炉和舒适的椅子，还有一张长木桌，可以用来吃饭和工作。另有一间更小的卧室，以及一间浴室，浴室里有一个漂亮的旧铸铁浴缸，是我在一家旧货店找到的。这一切都是那么清新可爱，我已经准备好了自己搬进去。房子装好之后，托尼说：

"贾丝廷会觉得我们是为她造了这么个地方。"

好吧，我不能说我完全没想过我女儿会对我们做的这一切作何看法，但我绝对没想过她会认为这都是为她做的！不过，托尼一说出来，我就知道，她真的会这么想。我立刻觉得内疚，同时又下定决心不能让我的东西被偷走。这两种情感总是成对出现，更好地让我丧失行动力，给我戴上手铐——从一开始，我就被这两种情感困扰。贾丝廷一来到这个世上，就似乎想要站在我站的地方，还好我先到了。我永远无法接受的是：当你刚从自己的童年恢复过来，终于从童年的深渊爬出，第一次感受到阳光照在你脸上，就要拱手让出阳光下的位置给一个婴儿，一个你决心不会让她受同样的苦的婴儿，然后爬进另一个自我牺牲的深渊，来确保她不会受苦！那时，贾丝廷刚大学毕业，去了柏林，为那里的一家机构工作，但她经常回来看我们，总是略显不安，稍纵即逝地透露出某种迫切的需要，像一个在繁忙车站的人，左顾右盼找一个等车时可以坐下的地方。无论我给她找一个多好的座位，她总是更喜欢我坐的那个。我正在想我们是不是应该立马就把第二处给她，一了百了，但碰巧，她爱上了一个叫库尔特的男人，那个夏天根本没有回来。我们在沼泽上招待访客的新生活就这样开始了。

当然，我没有在给 L 的信里细说这些陈年往事，只说了我觉得他需要知道的部分。这之后有几个星期的沉默，生活照常继续。然后，他突然写信说要来，下个月就来！幸运的是我们当时没有访客，于是托尼和我在第二处跑来跑去，重新粉刷墙壁，给地板打蜡，用报纸和醋擦窗户，擦得都发光了。冬天刚过，初樱开始绽放，林间空地浮动起可爱的粉白色花朵，我们剪下几枝，摆放在大陶罐里，甚至在炉架生了火。擦那些窗户让我的手臂酸痛。晚上，我们倒在床上，筋疲力尽，差点没力气给自己做饭。

然后 L 又写信过来：

M

　　我到底还是决定去另一个地方了。有个认识的人说他有座岛我可以去，说是个天堂一样的地方。所以我打算去那儿试着当一阵子鲁滨孙·克鲁索。很遗憾没有拜访你的沼泽。我遇到不少认识你的人，他们说你还不错。

L

　　好吧，杰弗斯，我们接受了，但我还是有点耿耿于怀——那个夏天成为多年来最炎热、最灿烂的夏天，我们在夜里点起篝火，露天睡在繁星跳动的夜空下，在随潮水涨落的溪流里游泳，而我总在想象，如果 L 和我们在一起会是什么样子，他会怎么看这一切。取代 L 住在第二处的是个作家，我们很少见到他。最热的天气里，他也整天待在室内，窗帘紧闭——我想他是在睡觉！但我确实经常想起 L 在他那座岛上，想象那是怎样的一个天堂。尽管那个夏天我们这里也差不多是个天堂，但一想到那座岛，我就嫉妒，仿佛微风不断向我吹来，带着折磨人的自由气息——我忽然觉得，我似乎已经被这种折磨困扰、追逐太久。我感觉我已经卸下一切，横冲直撞想要抓住它，就像被蜜蜂蜇了的人会撕破自己的衣服，跑来跑去，让不明所以的人看见他的痛苦。我一直想和托尼谈一谈——我迫切需要谈论、分析、释放这些情感，好看见它们，绕开它们走。一天晚上，托尼和我正准备睡觉，我忽然对他大发脾气，说了各种各样糟糕的话，说我感到多么孤独，多么苍老，说他从没给过我真正的关注，那种会让一个女人感觉自己是个女人的关注，说他只希望我一直诞下自己，就像贝壳中的维纳斯。好像我真的知道什么会让一个女人感觉自己是女人似的！最后我气呼呼地下楼，去沙发上睡。我躺着，回想我说过的话，又想到托尼从来不做任何伤害我或控制我的事，最后跑回楼上，跳上床，和他说：

"哦托尼，对不起，我说了那些糟糕的话。我知道你对我有多好，我永远也不想伤害你。只是有时候我需要说话才能感到真实，我希望你能和我说说话。"

他一言不发，仰面躺在黑暗里，看着天花板。然后他说：

"我觉得我的心一直在和你说话。"

看到了吧，杰弗斯！真的，我觉得托尼认为谈话和闲扯是一种毒药，这也是来到这里的人那么喜欢他的一个原因，因为他们习惯了毒害自己和他人，而托尼有类似解药的作用，他让这些人感到更健康。但对我来说，有一种谈话确实是健康的，尽管很少见——人们通过这样的谈话为自己发声，来创造自己。我经常和来沼泽的艺术家以及其他人有这种谈话，尽管他们很擅长，也时常进行那种有毒的谈话，但我并不介意，因为我们之间有足够多的好时光：惺惺相惜，自我超越，通过语言交融。

秋天，我惊讶地收到又一封 L 的信：

M

嗯，好吧，天堂完全没有他们说的好。我受够了那些沙子。我还有个伤口感染了，不得不被水上飞机救去医院，在医院里待了六个礼拜，时间都白白浪费了。生命从窗外流过。我现在去里约，在那儿办一个展。我从没去过那片区域，但听上去好像会很好玩。我可能会待一整个冬天。

L

我刚重新安定下来，而现在又不得不日日夜夜想着里约热内卢，它的炎热、喧闹、酒池肉林！我们这里下起了雨，树木变得光秃秃的，冬天的风呻吟着穿过沼泽。有时，我会拿出 L 的画集来看，重温那些画带给我的一如既往的感觉。当然，与此同时，生活还有无数其他细节、无数小事占据我们的思想和情感，但杰弗斯，现在我所关心的，我想要你了解的，是我和 L 的来往。我不想给你一种错误的印象，夸大我想 L 的频率。我对 L 的想法——其实是对于他作品的想法——是循环性的，像是一种完满。这些想法完善了我孤单的自我，为其提供了一种连贯性。

尽管如此，我多少放弃了 L 会来我这里亲眼看看这一切的念头。如果他来了，这种完满就会被带到一个终点，并以某种形式给我——我是这么以为的——我一生都想要的那种自由。冬天里他又给我写了几封信，告诉我他在里约都做了些什么，甚至有次还邀请我过去！但我完全不想去里约，也不想去任何地方。这封信让我有点不悦，因为它看轻了我，也因为它的语调让我不得不把它藏起来，不让托尼看见。我觉得这意味着 L 不知怎的害怕我，因为这想必是他对待别的女人的方式，而他需要这样对待我，才能重新站稳脚跟。

那个冬天里发生的事大家都熟悉，我就不多说了。我只想说我们感受到的影响远小于大多数人。我们早已简化了我们的生活，但对别人来说，这种简化过程是残忍痛苦的。唯一让我苦恼的是，去哪里都不那么容易了——虽然我们其实也不怎么去别的地方！尽管如此，我还是觉得失去了随意出行的自由。你知道的，杰弗斯，我不属于特定的国家，也不真的是哪里的公民，所以当我得知必须原地不动时，我有一种被囚禁的感觉。而且，别人来见我们更难了，但那时候贾丝廷已经被迫从柏林回来，带着库尔特。于是我们把第二处给他们住，就像一开始注定的那样。

春天，我收到了一封信。

M

嗯，是不是一切都彻彻底底疯了。也许对你来说不是。但我完全一蹶不振了，像我的英国朋友常说的那样。所有价值都像浮渣一样被抹去。我失去了房子，还有我在乡下的住处。

反正我也从来不觉得它们是我的。前几天，我在街上听到有人说这场全球混乱将彻底改变布鲁克林的性格。哈哈！

你还有地方空着吗？我觉得我能来。我有办法。我在那儿需要钱吗？

L

由于这个故事在某种程度上关于意念，以及运用意念的结果，杰弗斯，你会发现，我决意要发生的事都发生了，但又不完全如我所愿！我想这就是艺术家和普通人的区别：艺术家可以在自身之外造出自己意图的完美复刻。我们其他人，无论脑子里想得多好，也只造出来一个烂摊子，或一些呆板得不得了的东西。这并不是说我们就没有这样一个空间，能在其中凭借本能实现自己，去放手一搏，但给予事物永恒的存在是另一层面的成就。大多数人最接近这种成就的时候是养一个孩子。而我们的错误和不足之处，在育儿上是最清楚不过的了！

我让贾丝廷和库尔特坐下来，向他们解释了 L 要来，以及他们终究还是要搬进主屋，和我们住在一起——不出所料，贾丝廷问为什么不能让 L 和我们一起住在主屋。嗯，我也不太明白为什么，但是一想到我、托尼和 L 住在同一屋檐下，我就想缩成一团，而要给贾丝廷解释，也几乎同样糟糕。这让我觉得自己老了，比最古老的纪念碑还老。你的孩子时不时会给你这种感觉，每当你冒昧地展现出一种你自己独有的情感时。在这样的时刻，语言全然背弃我，那种我疏于以某种方式保持、维护的家长的语言，它就像是在你需要时启动不了的生锈的引擎。那一刻，我不想是任何人的家长！

库尔特出乎意料地解救了我。在那之前，我和他没有太多来往，因为我想，他是谁、他是什么，和我没有关系。尽管，他和你说话时，总有办法让你明明白白地看出他说的和想的不一样，而我不太喜欢他这样。在我看来，如果你心口不一得这么光明正大，你不该为此扬扬自得。他很瘦，很纤弱，衣着优雅，外表有一些鸟类的特点：在他长而脆弱的脖子上，是一张喙状的脸，以及他漂亮的羽毛。他转向贾丝廷，像鸟一样歪着头说：

"但贾丝廷，他们总不能和一个完完全全的陌生人住在同一座房子里吧。"

杰弗斯，他这样说很高尚，考虑到他自己也或多或少是个完全陌生的人。我很高兴我的立场被这样概括，这让我感觉我其实很理智。贾丝廷玲珑乖巧地考虑了一会儿，然后同意了，对，她也觉得是，我们确实不能让 L 住在主屋。因此，库尔特的良好教养意外地也让我的孩子变得懂事——我对他刮目相看。要是他在这么说的时候能拿掉他那鬼鬼祟祟的两面派神情就更好了。

我们收到了另一封 L 的短信，确认他的计划，告诉我们他到达的日期。于是托尼和我去收拾第二处，这次少了一点点信心，毕竟这时候有任何人造访似乎都是一种恩惠。林间空地的樱树再次浮动起白色与粉色，春光如长矛一般在树干间高高耸立。我们听着鸟鸣工作，谈论着距离我们第一次为 L 做这些准备并天真地等待他起，差不多恰好过去的一年。托尼坦言，从那以后，他自己也开始希望 L 来了。我听了再惊讶不过，也更认识到爱这个致命的弱点，因为托尼不是一个轻易干预事物进程的人——他知道，承担命运的工作，就是要对其后果负全部责任。

杰弗斯，讲述一件事的一个困难在于，讲述发生在事件之后。这听上去太显而易见，以至于有点蠢，但我常常觉得，你以为会发生的事和实际发生的事一样重要。然而，和魔鬼不一样，这些忧虑并不总是能得到最好的台词：它们在表达中被略去了，和它们在生活中被略去的速度一样快。如果我想，我可以试着回忆起我对与 L 会面的期望，以及在我的想象中，靠近他、与他并肩生活一段日子会是怎样的。不知为何，我想象那会是黑暗的，也许是因为他的画里有那么多的黑暗，而他笔下的黑色如此奇异地充满活力和欢愉。以及，在那几个星期里，我沉湎于遇见托尼之前的那些可怕岁月，虽然我已经不常想起那段日子。可以说，那些岁月始于 L 的画，始于我在那个阳光灿烂的巴黎早晨与那些画狂热的相遇。那么，这会不会是对那时的邪恶的某种庄严定论，表示我现在已经完全康复了？

L到来的前几天，这些情感促使我前所未有地去和贾丝廷坦言当时发生的事。虽然父母的坦诚并不见得有效！我相信，一般而言，孩子对父母的真相总是不屑一顾，他们早就有了自己的想法，或形成了不可动摇的错误信念，因为这承载着他们对现实的全部概念。家人间任何的自欺欺人、指鹿为马，我都愿意相信，因为我们的自我信念就在这上面命悬一线。换句话说，有一些事，贾丝廷不敢知道，所以她不会让自己知道，尽管她的双重动机——时刻和我靠近，同时对我保持怀疑——总是相互矛盾的。

杰弗斯，我从来不怎么需要证明自己是对的，或需要赢过谁。我花了很长时间才明白，我这样是很格格不入的，尤其在为人父母这件事上，往往自我主义独揽大权——不管是自我陶醉的那种，还是把自己当作受害者的那种。我有时候感觉，在本该是自我主义的位置上，我只能提供一个巨大的权威真空。我对贾丝廷的态度和我对所有事的态度或多或少是一样的：我固执地坚信，真相终会得到承认。

问题是，这种承认可能需要一生来实现。贾丝廷更小一点的时候，我们的关系里有一种可塑性，一种积极性。但她现在是一个年轻女人了，仿佛时间忽然耗尽，我们冻结在时间停止时恰巧摆的姿势里，像是那个游戏，每个人都要悄悄从报时者背后迫近，并要在他转身的瞬间停住。她作为我生命力的外在表现站在那边，对一切改变免疫；而我在这边，无法向她解释她到底是怎么变成这样的。

然而，她和库尔特的关系为这件事提供了一个全新的视角。我说过，他对我的态度像是他对我有先验知识，我的理解是，这代表了他从贾丝廷那里听说的所有关于我的事，虽然他无权知道。起初，他还把托尼看作一个特例，一个奇异的外星人，并且他有一个恼人的习惯：每每看到托尼在忙自己的事，他的嘴角都挂着一个小小的月牙形微笑。托尼对此的回应是发出一张象征男子气概的牌，强迫库尔特收下。

托尼会说，"库尔特，你能帮我堆一下柴火吗？"或者，"库尔特，坡底的栅栏该修了，需要两个人。"

"当然！"库尔特会说，带着几分嘲讽。他从椅子上爬起来，小心地卷起他压得很漂亮的裤脚。

不出所料，他在这种模式下很快对托尼产生了孩子般的依恋，并开始以自己的灵巧和务实为荣，尽管托尼不会就这样轻易放过他。

当托尼正坐着读报或休息时，库尔特会说："托尼，我们是不是应该耙一下果园边上的苗床？我发现杂草开始长出来了。"

"现在不行。"托尼会这样回答他，完全不为所动。

你瞧，杰弗斯，托尼拒绝把任何事看作游戏，通过这种方式，他揭示了其他人有多热衷于做游戏，他们对人生的全部概念都来自游戏状态的主观性。如果这意味着托尼有时不能完全享受乐趣，那没关系：指针总是会摆回他的方向，因为归根结底，生活是一种严肃的状况。没有托尼的常识和务实，乐趣无论如何都会很快耗尽。但我喜欢乐趣，想要乐趣，我不像托尼那样务实，因此我经常发现自己无事可做。无事可做！自从我住进沼泽以来，这一直是我的呼喊。很多时候我似乎只是在——等待。

我决定去试着了解库尔特，却马上遇到难以逾越的障碍。

"库尔特，你家是什么样的？"

"我很幸运地来自一个完整的家庭。"

"你母亲做什么工作？她都做什么打发时间？"

"我母亲是她领域里的佼佼者，还成功地养了一个家庭。她是我认识的人里最让我钦佩的。"

"那你父亲呢？"

"我父亲建立了他自己的事业，现在可以随意做他喜欢做的事。"

诸如此类，杰弗斯，无休无止——这些正面的词汇，每一个里面都藏着一块小碎片，感觉像是特意为我放在那儿的。贾丝廷出乎意料地对库尔特表现出百般抚慰和小女人味，只要库尔特一句话，她就立马放下手头的任何事，为他忙东忙西。有时，他们抵着头走过林间空地或走向沼泽，在我看来几乎是两个老人，一个小老头和一个小老太太，审视着生命的彼岸。每天早晨，她甚至会亲自端茶到他床上！但他们两个都丢了工作，需要钱，无论我们有多愿意收留他们，在想出新计划之前，他们是在靠着我们的土地和积蓄生活——我们都心知肚明。

L写信说他会坐船来！这个消息让我们有些困惑，因为那时大部分长途客船还没有恢复运行，我们原以为他会以别的方式来。但他是这么说的——他说会抵达我们以南大约两小时车程的港口小镇，问我们能不能去接他。

"一定是艘私人船。"托尼耸了耸肩，说。

到了那天，我和托尼上了车，任由贾丝廷和库尔特自行安排，等我们晚上回来。他们答应为我们准备好晚餐，而我好奇和L一起的晚餐会是怎样的。我们的"车"其实不是普通的车，杰弗斯，更像是卡车——一个盒子一样的旧东西，它巨大的轮胎可以穿过、越过一切，因此非常实用，只是如果在开阔的路上，一旦时速超过四十英里，它就开始颤抖。后座也很小，比长凳大不了多少。我已经想好，漫长的回程路上，我会坐在后座，让L和托尼坐在前面。路程很远，因此我们开得很慢，托尼和我确保不时下车休息，让波动的心绪再次安宁下来。这条路或多或少紧邻海岸线，风景令人惊叹。庞大的绿色圆丘从四面八方俯冲而下，一直延伸到大海，皱褶处掩藏着古老的灌木。正值最美好的春日风光，我们走下卡车时，水面吹来的微风温和极了。头顶上方的天空宛如蓝色的风帆，海浪拍打着低处的海岸，水面熠熠闪光，是夏天到来最确切的征兆。我和托尼一起站在那儿，感到何其荣幸——我们孤立于世的债务在这样的时刻一下子得到偿还。那令人眩晕的绿色风景，充满灵动与光彩。这片风景就在我们南面，却与沼泽低洼的隐妙形成鲜明对比：来到这里总让我们神采奕奕，我们却没有尽可能多来。为什么呢，杰弗斯？改变与重复的模式同生活特有的和谐息息相关，像纪律一样牵制着自由的行使。人需要适度地为自己供应改变，如饮烈酒。认识托尼以前，我对生活中这类事几乎毫无意识：我完全不知道事情为什么会变成这样，为什么我这一分钟被情感填满，下一分钟却情感干枯，我的孤独或喜悦来自哪里，哪些选择对我的健康和快乐有益，哪些又有害，为什么我做我不想做的事，而不能做我想做的事。我最不明白自由是什么，以及如何得到自由。我以为自由不过是摆脱拘束，一种解脱，而实际上，杰弗斯，你再清楚不过，自由是坚定地服从和熟习了创造的法则之后所获得的红利。钢琴家训练有素的手指远比音乐爱好者被奴役的心自由。我想这解释了为什么伟大的艺术家可以如此糟糕和令人失望。生活中，我们很少有足够的时间或机会去实现多种形式的自由。

我们及时到达镇上，坐在海堤上吃完我们的三明治，然后在约定的时间到港口找 L。我们站在到达区询问哪些船会抵达，但似乎没有人知道任何 L 可能会坐的船。我们安定下来，做好漫长等待的准备：因为我们不太确定他会如何到达，我们不指望他会准时。

杰弗斯，我应该试着向你描述我们的样子，这样你就能从 L 的角度想象这次抵达。至少，托尼完全不是一个长相普通的人！他很高大，体力劳动使他身材健壮，他还有一头长长的白发，从来不剪，除非我偶尔拿起剪刀。他说他的头发在二十多岁时就白了。它细腻丝滑，几乎有点女气，呈现出淡淡的蓝色。他的肤色很深，是方圆数英里唯一深肤色的人。还是婴儿的时候，他被一个沼泽的家庭收养了。他不知道自己的出身，也从未试图找到答案。他的父母没有告诉他他是被收养的，其他人也没有提过这件事。而且，因为他们过着相当孤立的生活，他说直到十一二岁他才意识到，他和他父母肤色不一样意味着什么！我见过美洲原住民的照片，他看起来最像是他们中的一个，尽管我不知道怎么会这样。与其说好看，倒不如说他是一个丑陋的男人，具有丑陋的永恒和尊严，但他总体上是英俊的，你明白我的意思吗？他的脸很大，五官浓重，除了他的眼睛。他的眼睛小而坚硬，看上去像是聚焦在很遥远的东西上。他的牙齿歪歪扭扭，因为童年时没怎么去看牙医。他印象中的童年是非常快乐的。他在我们现在住的房子附近长大，没怎么上学，因为他的父母对教育有一些想法，在家里亲自教他。他们另有一个亲生的孩子，一个和托尼一样大的男孩，这两个男孩一起长大，一个白皮肤，一个深色皮肤。我没见过托尼的兄弟，对他几乎一无所知，只知道他十八岁时离开了沼泽，再也没有回来。我猜测他们之间因为什么闹翻了，但我不知道是什么。从他给我的为数不多的细节来看，我觉得托尼肯定是更受宠的那个。我很好奇，收养一个孩子，然后喜欢他胜过自己的亲生孩子，是什么感觉。不知为何，这似乎很好理解。他的父母同时死了——溺死于一次涨潮。杰弗斯，潮水有时会沿着我们的海岸爆发，即使是完全熟悉地形的人也会被打得措手不及。那是个夏天，他们一起开船出海，大海升起，卷走了他们。托尼也总是开船出海，捕鱼、布捕虾蟹的笼子，但我相信，在内心深处，他害怕大海。

据我所知，托尼从来没有买过一件衣服，因为他的养父和祖父恰好也是大个子，他们身后留下了充足的储备，以至于托尼很少打开衣柜发现自己缺什么。然而，这确实造成了他穿着上的古怪：这一次——去接 L 的路上——他穿着他祖父的三件套西装，搭配格子背心和表链，再加上他魁梧的身材、长长的白发、黝黑粗糙的脸，看起来一定相当怪异。我太熟悉他了，以至于并不是总能看出他奇不奇怪。我自己大概和往常一样，穿着黑色或白色，我不记得是哪种颜色。我爱穿柔软、垂坠、不成形的衣服，可以根据天气情况一层层增减。我从来不是特别懂衣服，尤其觉得选择很困难。所以，当我意识到我可以一次什么都穿，而且如果只穿黑色和白色，就再也不用考虑美学的时候，那真是拨云见日的一天。

你知道我长什么样子的，杰弗斯，我那时的样子，和从前、现在几乎一样。在长相方面，我一直很宿命论，像是把一副旧牌洗了又洗，尽管在遇见托尼之前的那些艰难岁月里我确实丢掉了一些牌，由此减去的重量也没有回来。那天在港口，牌是按照我五十岁的模式发的。我脸上有一些褶皱，但不是很多：年轻时困扰我的油性皮肤在这个生命阶段让我免受皱纹侵害，这是人类命运中罕见的公平。我的长发有些灰白，我总觉得这是一种可怕的、女巫般的组合，但关于我的外表，托尼的唯一愿望就是希望我不要剪或染头发，毕竟他是那个要看的人。

那天，L来的那一天，我记得我确实异常清晰地感觉到，就算我曾经美丽过，我也从未活在我美丽的瞬间里。我总感觉，美丽就像是一样我可能会找到的，或是暂时丢失的，或是正在追寻的东西——偶尔，我会觉得它临近了，但我从来没有把美丽握在手中的感觉。我知道，我这样说是在暗示我相信别的女人有过那种感觉，但我不知道是不是真的如此，因为我从来没有足够熟悉另一个女人，能因此对她有一种不言而喻的理解，像是一个女孩对她母亲的那种理解。不知为何，我总想象一个母亲将这一理解递给她的女儿——她独一无二的美丽的珍珠。

说回L的到来：我们正坐在到达区的塑料椅子上，就在那时，一男一女从大门走进来。我们以为L会从另一个方向来，所以起初并没有特别留意他们，但后来我仔细看了一眼，并意识到这个男人一定是L！他走过来，询问般地叫我的名字，我起身，慌张地和他握手，与此同时，他往旁边一闪，领出了那个女人，说：

"这是我的朋友布雷特。"

于是我发现自己不是在和 L 握手，而是在和一个近三十岁的美得惊人的女子握手。她的风度和衣着与周围的环境格格不入，当她轻快地将她涂了指甲油的指尖递给我时，仿佛我们不是在世界尽头见面，而是在第五大道*的酒会上！她开始说话，热情洋溢，但我太手足无措了，几乎听不见她在说什么。我一直想看向 L，但他像是故意躲在她身后。托尼此时也站了起来。在这种情况下，托尼从来都帮不上忙——他只是站在那里，一言不发。可我无法忍受任何形式的社交尴尬和紧张氛围：我的内心会一片空白，以至于我意识不到周围人都说了什么，做了什么。所以我没办法告诉你，杰弗斯，我们那时到底说了些什么，我只知道，当我介绍托尼给这个年轻女人布雷特时，她看上去很震惊，并给了托尼我这辈子见过的最坦率的上下打量的眼光。接着她转向我，给我同样的目光，我看得出她正在

---

* 第五大道（Fifth Avenue），美国纽约市曼哈顿的一条长街，聚集了各大名牌商店。

想象我和托尼在床上的样子，想搞明白这件事是什么样的。她有一张奇怪的嘴，像信箱一样张着——漫画里枪手的嘴，我之后常想。那些慌乱的时刻里，我短促锐利地瞥见 L，在她身后躲躲闪闪。他很瘦小——比我还小——看起来衣冠楚楚又风流，穿着卷起裤脚的白色裤子、皮制甲板鞋和干净的蓝衬衫，脖子上系着一条彩色围巾。他仪表整洁，这让我很惊讶。并且，他举止间有点轻佻、戏谑的意味，而我想象中的他更深沉、严肃。他的眼睛是天蓝色的碎金，摄人心魄的光彩。每当他的眼睛碰巧对上我的，就像是两个太阳闪耀着我。

我设法把他们都带出了到达区，爬上小山，走向卡车，在此期间他们成功传达了一条信息：他们不是坐船来的，而是坐的私人飞机。布雷特的表兄是个亿万富翁还是什么的，有一架私人飞机。前一天，他捎了他们一程，然后嗡嗡地飞去了其他地方。他们在镇上的旅店住了一晚，这解释了为什么他们的仪表清新整洁得让我措手不及，因为一般人都会由于长途跋涉，多少有些蓬头垢面地来到我们在世界上的这个角落。这也解释了为什么他们没有行李，他们把行李寄存在了旅店里，我们答应在回去的路上拿。想到他们在我不知道的情况下，在这里待了一天一夜，我感觉怪怪的——不知道为什么，杰弗斯，但这似乎让他们对我们有了某种掌控或优势。我们走近卡车，这通常是一个可靠、友好的景象，但当我看着它，看着托尼穿着三件套西装站在边上时，一种巨大的疑虑穿透了我，就像闪电自上而下穿过一棵树，把它从核心掏空。哦，这和我计划的完全不一样！我突然害怕我对自己生活的信念将要垮掉，我所建立的一切都会从脚下坍塌，我会再次不快乐——那一刻，我不知道该怎么办。显然，首要困难是布雷特这个女人，她的出现完全出乎意料，并制造了第二个困难，那就是 L 因此更加扑朔迷离了。我立刻意识到他会用她当陪衬和盾牌。他带她来或许正是为了这个目的，在这场旅行未知的境遇中，用她保护自己，而这等于用她来防着我！

我应该补充一句，杰弗斯，我通常不需要也不期待我的访客给我任何特别的关注，包括 L，即使我对他产生兴趣良久，并感觉和他的作品有某种特殊联系。但在我们这种安排里，有一些必不可少的条件，没有这些条件，就可能发生一系列侵害。这其中的首要条件就是保护我们的隐私和生命尊严。

基于 L 在信中说的各种话，我对他的印象是，他乐于接受朋友和熟人的小恩小惠，其中许多人似乎很富有。我们远非贫穷，但我们生活简单，与周围的人互相信任——换句话说，我们不会给他提供一个高级假期，或一座豪华住所。到目前为止，我们的访客都立刻自然而然地理解了这一点，隐私与和睦之间有一条无形的界线，我们出于本能地相会于此。但看着这两个人，尤其是布雷特，我在想我们是不是第一次邀请了斑鸠来到我们的巢穴。

首要任务是把我们所有人都装上卡车。在那之后，我们要在旅店停一下，把他们的行李也带上。他们有很多箱子和包，托尼盘算了很久怎么把它们都塞下，我们其他人则站在路上，没话找话。L 背对着我，双手插在口袋里，低头站着看汹涌的大海。微风下，他的衬衫猎猎飞舞，灰白的漂亮短发平贴在头上。我身旁只有布雷特，我这时已经发现她是一个会暗地讨好你的人，她喜欢进入你的身体空间，并在那里舒舒服服地待着，就像一只猫缠在你腿上，然后跳上你的膝盖。她是英国人：我记得 L 在其中一封信里提到他的"英国朋友"，不知道是不是她。她话很多，但大多数你都没办法回应，并且，像我说的，她美得惊人，因此一切都更像是一场表演，而你是观众。她有一头柔软的金色鬈发，精雕细琢的小脸，微微翘起的鼻子，惊人的棕色大眼睛，再就是那张奇怪、凶猛的嘴。她穿一件剪裁考究、腰间束紧的印花丝绸连衣裙，和一双跟很高的红色凉鞋——之前，我们上山时，我惊讶于她穿着高跟凉鞋的移动速度。她不断对托尼提出关于放置行李的建议，碍手碍脚，直到 L 出乎意料地转过头来，粗鲁地越过他的肩膀说：

"别多管，布雷特。"

好吧，托尼确实花了很长时间折腾行李，就在看上去终于可以出发的时候，他又忽然摇了摇头，把所有东西都拿出来，从头开始。与此同时，风越来越大，天气越来越冷，想到我们前方颠簸的回程，想到我安静舒适的房子和菜园，想着这本该是一个愉快平凡的日子，总的来说，我越想越为自己搞出来的事感到相当痛苦。我们终于上了车，L 和布雷特到底还是挤进了后座，托尼和我坐在前面。多亏了引擎的噪声，我们才没有继续谈话。整段回程我都在滋养一个印象，那就是某种撞击或冲突发生了，由此引发的突兀感和不和谐音让我头昏脑涨。我有一种在这样的时刻总会有的空白、死气沉沉的感觉。每当我有这种感觉，托尼冷漠地直视前方道路的侧脸通常会给我很大安慰。但这次，看到他的侧脸，我几乎感觉更糟，因为我不确定 L 和布雷特能不能搞懂托尼，托尼能不能搞懂他们，我最不想做的就是替他们互相解释。

我对于那段回程没有太多记忆了——我已经把它抹去——但我记得布雷特在某个瞬间朝前探过身子，在我耳边说：

"那个，我可以帮你染一染头发，把灰色藏起来，我很擅长这个，没人看得出来。"

她就坐在我正后方，显然有大把机会从后面细看我的头发。

"你头发真的挺干的。"她补充道，甚至用手指穿过我的头发来证明这一点。

杰弗斯，我提到过我和评论或批评的关系，以及在如今的生活里，我由于很少被评论而常有的一种隐形感。我想我可能因此对评论产生了一种过度敏感，或者说过敏——不管是什么原因，当我感到这个女人的手指在我头发里时，我几乎无法抑制地想要大喊大叫！但当然，我只是把这些感情压在心里，像一只受尽无声折磨的动物一样坐在那里，直到我们终于抵达沼泽，终于可以下车。

贾丝廷和库尔特完全如我所愿地做了一切准备——问题在于，我所愿之事不会发生了。他们点了蜡烛，燃起了火，用沼泽里春天最初的花朵装饰了餐桌，让整个房子充满暖意和烹饪的香气。他们对另一个人的出现毫不介怀，带着年轻人那种包容，为她多摆了一个位子。我们坐下吃饭之前，我带 L 和布雷特到第二处让他们安顿下来，而托尼把卡车掉了个头，下车卸他们的行李。我多希望我能把这一切都交给他，然后去床上躺着，把被子拉到头上，不再多说一个字！但托尼是不会和我交换角色的，反之亦然。我们是不同的人，有各自的角色，无论我多么渴望能偶尔打破这条定律，我一直清楚，我生活的基础正是建立在它之上的。

我们打开第二处的门，走进去，开了灯，那时我突然觉这一切看起来都相当简陋、破旧，好像因为他们拎雅致的行李，穿昂贵的衣服，带着与奢侈相熟的气质，L 和布雷特就引进了一种新的标准、新的眼光，使得旧事物无法再保持其形状。那些木橱柜和木架子看起来很粗糙，杂乱无章。灶台、桌子和扶手椅在电灯下苍凉地站着。那时天已经差不多黑了，而窗帘还没有拉上，我们的倒影从窗户反射出来。我拉上窗帘，视线躲避着窗子里的画面。L 环顾四周，没说什么，也没什么可说的，虽然我已知道布雷特在生理上无法抑制说点什么的冲动，所以当她哧哧笑着惊呼时，我一点也不惊讶：

"一间森林里的小屋呢，简直就像恐怖故事！"

杰弗斯，你应该记得，L 在他职业生涯初期就声名鹊起，那时他不过二十多岁。从那以后，他一定觉得被赋予了某个重物，需要背着它走过余生。年少成名会歪曲经验的流动，扭曲性格。他告诉我，他在十四五岁，还是个孩子的时候，就离家去了城里，但那段时间他是怎么活下来的，我不得而知。他母亲有几个前一段婚姻里的孩子，据说那些年长的孩子对他动过手，某种程度上威胁了他的生命，于是，他逃跑了。他父亲曾是他的朋友和保护者，但他父亲死了，好像是死于癌症。

他们生活在一个荒凉的地方，一个掉落在广袤平原上的小镇，周围数英里空空如也。他父母开一家屠宰场，他们就住在对面。他最早的一些记忆是从房间的窗子望出去，看院子里的鸡在血泊里啄食。

他早期作品里让人震惊瞩目的暴力被认为表现了广泛意义上的社会暴力，但它或许植根于这一更原始、更私人的源头。我在想，这或许解释了为什么L之后不能再完美契合评论家的喜好，因为评论家以为他会继续震惊他们，而实际上他从来都在自省。因此，在那之后，他的声誉和成功是一条艰难的上坡路，永远伴着一种隐忍和欲说还休的失落。然而，在一定程度上，由于他精湛的才能，即使这些年来绘画入时又过时，他也从未失去他的声望或艺术荣誉。他在品位的更替中幸免于难，人们经常好奇他是怎么做到的，但我想，那是因为他从一开始就没有向他们出卖自己。

杰弗斯，我和你说这些，是因为这是L自己告诉我的：我不确定这些他童年的事——假如它们真的发生过——是否众所周知。我告诉你的事都是我可以亲自核实的，这对我来说很重要，尽管我忍不住想要搜罗其他证据，或进行杜撰或美化，希望以此让你更好地理解这一切，或者，最糟糕的是，希望你将自己代入我的感情和看法。让别人感同身受是一门艺术，我认识的艺术家够多了，因此我很清楚我不是一个艺术家！尽管如此，我相信还有一种更为普遍的阅读生活表面、理解生活形式的能力，这种能力或许来自，也或许成就了欣赏、理解创作者作品的能力。换句话说，当人们看到艺术的原则——或某个特定艺术家的原则——反映在生活的肌理中时，会对创作过程本身有一种奇妙的亲密感。这也许在某种程度上解释了 L 对我的吸引力：比如说，我看着沼泽的时候，会发现它似乎遵循很多 L 使用光线与视角的原则，以至于沼泽时常就像是他的一幅画。某种意义上，我看着的是 L 没有创作的 L 的作品，因此，我想，是我在创造它。我不确定这些半成品的道德地位，我只能猜测这近似影响力的道德地位，因此是人事中主宰善与恶的强大力量。

L 到来之后的第二天，我一早醒来，看到粉金色的太阳从林间空地升起。我起床，让托尼继续睡，然后走出家门。在前一天的颠簸之后，我迫切需要安抚自己，并重新找到自己在世界上的位置——当然，在那可爱的晨光中，一切都似乎没有我感觉的那么糟糕。我穿过闪着光的湿草走到树丛尽头，从那里能看到广阔的沼泽，旧船昂着船头挺立，渴望着大海。涨潮时分，水已经以这里的潮汐那种无声而神奇的方式铺展在地上，像是一个睡梦中的身体翻转着、伸展着、张开着。

就在那里，站在船边，和我看着同样的景色的，是L。我别无选择，只能去和他打招呼，尽管我还没有准备好和任何人见面，仍穿着我的睡衣。但我已经明白这会是我和他相处模式的基调：我会对自己的意志和对事件的看法产生犹豫，我的控制权会在最亲密的交易中被夺走，不是由于他的任何蓄意破坏，而是基于一个简单事实，那就是他自己是不可能被控制的。邀请他进入我的生活从来都是我自作主张！而那天早上，我忽然发现，这种失控为我带来了新的可能性，尽管，到目前为止，它让我感到那么愤怒、丑陋和不适，失控本身仿佛就是一种自由。

听到我靠近，他转过身来和我说话。杰弗斯，我没有提过L说话的声音有多轻：那是一种低语，像是来自隔壁房间的说话声，介于音乐和语言之间。你需要集中注意力才能听见。然而，他说话时，眼睛里那慑人的光芒，却将你定在原地。

"这里很漂亮，"他说，"我们很感激。"

他整个人十分清爽，胡子刮得很干净，穿着一件平平整整的衬衫，系着另一条彩色围巾，在喉咙处打了个结。他一提到感激，我立刻感到羞愧万分，好像我试图用一些东西收买他，而他礼貌地拒绝了。像我之前说的，他这么说的意思是，他会在这里完全是我的责任。我们的访客一般都会很快确立或假装确立自己的独立性，并明确表示，从自我主义的角度来讲，来这里对他们有一些好处。相比之下，L表现得像一个家教良好的孩子，被强行带到了什么地方。

"你不是非来不可的。"我说，更准确地说是，我听到自己说，因为这不是我平时会说的话。

他神色一惊，眼中的光短暂地熄灭，又亮起。

"我知道。"他说。

"我不想要感激，"我说，"这让我觉得寒酸丑陋，像被颁了一个安慰奖。"

一阵沉默。

"好吧。"他说，脸上现出一个不怀好意的微笑。

我穿着皱巴巴的睡裙站在那里，披头散发，赤着的脚在露水中发凉。我想要大哭一场——奇怪又强烈的冲动一个接一个涌上来。我想躺下，用拳头在草地上捶打——我想体会一种彻彻底底的失控，同时我知道，在和 L 的交流中，我已经失控了。

"我以为你会一个人来。"我说。

"哦，"他轻声说，"对哦，你以为会是这样。"好像仅仅是他忘了告诉我。"布雷特还不错。"他补充说。

"但这改变了一切。"我哀号道。

杰弗斯，从第一次谈话起，我就感觉到我和 L 之间有种亲密的熟悉感，我很难向你传达，但那几乎是亲情，仿佛我们是兄妹——几乎像是我们同根同源。我想要哭泣，想让自己在他面前完全失控，仿佛直到那一刻，我的人生不过是一个自我控制和自我压抑的过程，而这些冲动都是这压倒一切的相识感的一部分。我如此清晰地意识到自己没有魅力，这种感觉将会贯穿我和 L 的所有来往。我相信这种感觉有某种意义，尽管回忆起来很痛苦。因为实际上，我并非毫无魅力，而且肯定不会比我生命中其他时候更没有魅力：或者说，无论我作为女人的客体价值如何，困扰我的这种强烈的丑陋或厌恶感不是来自外在的审视或现实，而是源于我的内心。我感觉好像别人忽然也能看见这个内部形象，我指的是 L，还有布雷特——在那种状态下，想到她的侵略性和她含沙射影的评论，我觉得难以忍受！我意识到，从我记事起，我一直怀着这种丑陋。而我把它交给 L，也许是因为我误以为他可以从我身上拿走它，或者给我一个逃脱的机会。

现在回想起来，我意识到我当时经历的，可能只是面对自己割裂的本性时受到的冲击。我把自己拆开放在一个个隔间里，在遇到同样割裂的人时，选择只给他们看其中的一部分！在此之前，在我看来托尼是我认识的人中最不割裂的。至少，他简化成了两个隔间：他说过、做过的，和他没说过、没做过的。但 L 似乎是我遇见的第一个完完整整的人，我的第一想法是去抓住他，好像他是一只需要被诱捕的野兽。与此同时，我也意识到他本性里的无法捕捉，因此我只能在可怕的自由中遵循他。

他开始说话，眼神从我身上移开，投向水和沼泽，我需要费力站着不动才能听清他的话。太阳升得更高了，把树影从我们脚下的草地向后推，而水同样地前进，于是我们被夹在中间，夹在这里时常发生的难以察觉的景色变化中，仿佛我们正在参与一个"成为"的过程。寂静堆叠，空气越来越紧张，最终大海开始像盾牌一样发出光芒。杰弗斯，我无法为你复述 L 的话：无论如何，我觉得没有人可以准确记录那种深刻的谈话，而我决心不篡改任何东西，哪怕是为了故事。他谈到，他厌倦了社会，总是想要逃避，这使得他无法为自己安任何家。他说，年轻时，他适度的居无定所还没有困扰他。在之后的人生中，他看到熟人建造的家，就像他们财富的石膏像，只是里面住了人。这些建筑有时会爆炸，有时会让住在里面的人窒息——就他个人来说，他无法在任何地方停留，迟早会想去别的地方。对他来说唯一真实的场所是他在纽约的工作室，他自始至终都在用。在他的乡间别墅，他建了第二个工作室，但他无法在那里工作：他感觉那像是一座展示他自己的博物馆。他告诉我，他最近被迫卖掉了他的乡间别墅，连同他在城里的房子，这让他回到了最初的起点，只剩下一开始的工作室。同样地，他也一直无法与别人建立任何永久性的东西。他认识很多贪生的人，他们得了又失，失而复得，事情接二连三地发生，以至于他们可能从没意识到，一切都不长久。他也知道，腐朽时常隐藏在表面的恒久之下。他感兴趣的是，他从没怀疑过他是不是错过了什么，而是怀疑他是不是完全忽视了别的什么东西，他忽视的东西归根结底关乎现实，以及一种不包括他在内的现实的定义。

有鉴于此，他说，他不得不开始回想他的童年，但他很快就意识到，他人生的具体细节是如此凌乱，他需要从中提取本质，舍弃细节。然而，他确信那里有什么他忽略的事——与死亡有关，而死亡是他早年生活的一个重要主题。从一开始，他就从死亡里汲取了生的冲动：屠宰场里动物的死亡，可能会让其他孩子感到恐惧，却反复敲击着他心上的一个音符，像是一种他自身存在的证明。他认为他缺乏恐惧与情感，可能是因为反复接触一些东西造成的钝感，但如果是这样，他几乎从一开始就死了。不，在那个音符的敲击中还有些别的什么，一种与万事万物平等的感觉，也是一种比万事万物活得更久的能力。他不可能受致命伤，他是这么认为的：他无法被毁灭，即使他亲眼见证这种毁灭。他把自己的幸免于难当作自由，带着它逃遁了。

我告诉他，托尼也是很早就有过关于死亡的经历，但托尼的反应截然相反：自那以后，他一直停留在原地。我有时对这种根深蒂固感到不耐烦，最初还以为这是一种谨慎或保守，但它又数次展示了它的韧性，足以赢得我的尊重。我说，我很难尊重任何事，并且本能地反抗所有据称是坚不可摧的东西。我告诉他，在遇见托尼之前的艰难岁月里，我被送去见一位精神分析师，他在一张纸上画出了我的性格地图。他以为他用一张皱巴巴的 A4 纸就可以总结我的性格！这是他的噱头，我看得出他很得意。精神分析师的地图上画着一根看上去象征客观现实的中心支柱，无数的箭头由支柱向太空发射，紧接着相遇，交叉，形成一个无尽矛盾的圆。一半的箭头顺应反抗的冲动，另一半则顺应服从的冲动，这些箭头的意思是说，我一旦服从了什么，就会开始反抗，一旦反抗了，又产生强烈的服从欲——周而复始，毫无意义地自舞！精神分析师觉得这简直是个天才般的解读，但那时我只被自我伤害的欲望控制：那欲望像一条狗一样压制着我。于是我不再去看精神分析师，因为我看得出，他不会把那条狗从我身上弄下来。不过，这证明他关于反抗的理论是对的，或者说，他会挺满意地觉得自己对了，这让我很难过。

我告诉 L，几个月后，我在街上偶遇了那个精神分析师。他走过来，带着一点责备的神色，问我怎么样，而我在光天化日之下站在那里谴责了他。在那条人行道上，我仿佛被某个语言之神附身——我慷慨激昂地演说，句子从我口中掉落，变成意义重大的花环。我向他指出，我，一个年幼孩子的母亲，在危难之中去见他，因为担心我会毁灭自己，而他什么也没做，没有保护我的孩子，也没有保护我，只是在一张纸上乱涂乱画，编造出我权威情结的证据——而我已经那么痛苦了，证据确凿！我的演说进行到一半，精神分析师举起双臂，做出投降的姿势：他面色煞白，看起来突然虚弱又衰老，并开始后退着远离人行道上的我，双臂仍然举着，直到退到足够远了，转身就跑。我告诉L，那个举手投降的落跑男人的形象一直跟着我，象征着一切我无法与之和解的事。我，我没有办法逃离我的身体。但他，可以直接逃跑！

L听着，他明亮的眼睛注视着我的眼睛，手捂着嘴。

"太残忍了。"他说，但由于他的手挡着，我不知道他在微笑还是皱眉，也不知道他在指责我们中的谁残忍。

我们沉默地站了一会儿，当L再次开口时，

他开始继续讲述他的童年，就好像我的插曲被礼貌地搁置了。我不认为这是由于 L 无法对他人产生兴趣——我确信他认真听了我的故事。但是，怂恿彼此展示伤口的共情游戏，他是不会玩的。他决定向我解释自己，仅此而已，而我提供的回报取决于我。我明白我不是第一个听到他的自白的人——我可以想象 L 在某个画廊里或舞台上接受采访，做关于自己的大致相同的叙述。人只有在觉得自己有权这样做时才会像他这样说话。而我没有这项权利，至少在他看来是这样——或者暂时还没有！

他告诉我，小时候，有一阵子他的父亲病了，为了减轻母亲的负担，他被送去姨父姨母那里住了一段时间。他说，这对夫妇没有孩子，是两个粗野蛮横的角色，他们主要的娱乐和爱好是看对方遭殃。他记得当姨母被烤箱烫伤时，姨父快乐地搓着手嚎叫，而姨父头撞到门框，姨母会笑得前仰后合。他们吵起架来，会拿着拨火棒或煎锅在厨房里你追我赶，快乐地让对方流血。从这两个人的例子来看，他不确定性格这一概念是否还存在。他们很像动物，这让他开始思索是不是性格本身就是一种动物性，已经远离了现代人。他的姨父姨母没有特别在意他，但也没有伤害他，他们也不知道在他父亲生病的那段艰难时期怎么去安慰他：在他的课业以外，他必须做他那一份苦力。事实上，又过了一段时间，他们根本不送他去上学了。他逐渐意识到，如果他的父亲在他和姨父姨母住在一起的时候死了，他们很有可能只会耸耸肩，继续过下去，他们可能甚至都不会告诉他。他能如此清晰地想象这件事，因此他不顾一切想在那发生之前回到家。他确实成功地回了家，等到父亲死的时候，他已经忘了姨父姨母。但之后这段记忆又回来了，他想起和对他毫不在意的人一起度过的日子，以及那时，他如何殷切渴望回到有他一席之地的故事里。这是对死亡最清晰的一瞥，胜过在此之前他见过的所有血腥死亡场景。他发现，无论他是否在场，现实都会发生。

至此，太阳已经从我们头顶升起。我们一同站着，望向沼泽和美好的白昼，那一刻，我感到罕有的平静。不论多么短暂，那是活在当下的平静。

"我希望我们不会打扰你们，"L接着说，"我不想破坏这一切。"

"我不觉得你会破坏什么。"我说，并再次感到被冒犯。我多希望他不要说这种话！

"我感觉我的运气已经用完了，仅此而已，"他说，"过去几个月，一切都肮脏透了。但我现在开始怀疑，我可能一点都不在乎。车轮可以再次转动，但我感觉我在回到过去，而不是向前。我每天都觉得更轻松。失去财产，其实没那么坏。"

我说这种感觉只有男人——并且得是一个没有眷属的男人——才能享受。杰弗斯，我忍住没有补充说，这还有赖于像我这样有负担之人的慷慨！但我还不如说出来，因为无论如何他都听出来了。

"别搞错了，我的人生只是一场悲剧，"他轻声说，"到头来，我不过是一个乞丐，一直都是。"

我完全不这么想，我告诉他。没有生在女人的身体里本身就是一份幸运：他看不见自己的自由，因为他无法想象这份自由可以如何被根本地剥夺。乞讨本身就是一种自由——至少表示你与需求的状态平等。我说，我所经历的失去，只向我展示了自然的无情。受伤者无法在自然中存活：一个投身命运的女人永远不能指望全身而退。她需要纵容自己存活，在这之后，她又怎么可能得到启示？

"我一直以为你不需要启示，"他喃喃道，"我以为你似乎都懂了。"

他说这话的语气有点讽刺：不管怎样，我确实记得，他拿女人拥有某种神圣或永恒的知识这一想法开了个玩笑，这无异于说他无须为她们费神。

他说，他想用在这里的时间，试着画肖像画。换了个地方，他现在能更清楚地看见人类。

"我想问，"他说，"你觉得托尼会不会愿意当模特。"

这个消息太出人意料，也与我的预期大相径庭，以至于它对我几乎是一种肉体上的打击。我们站在多年来我透过他的眼睛看到的、在他笔下见到的风景前，而他转身和我说他想画托尼！

"还有贾丝廷，"他接着说，"如果你觉得她会配合的话。"

"你如果要画什么人，"我喊道，"那怎么说也应该是画我！"

他略带困惑地看着我。

"但我不怎么看得到你。"他说。

"为什么呢？"我问道。我相信那是我灵魂深处的话语，是我一直在问、一直想问的事，因为我从来没有得到过答案。那天早上我也没有得到答案，杰弗斯，因为就在那时，我瞥见布雷特的身影穿过草地向我们走来，我和 L 的对话因此结束。她手里拿着一包东西，我发现里边是第二处所有的床单被套，她试图递给我，而我，还穿着睡裙站在湿草上。

"你信吗，"她说，"我没办法在这种布料上睡觉，太刺激皮肤了——今早我一醒来，脸就像一面碎掉的镜子！你有软一点的料子吗？"

她走得更近一些，越过那条通常把两个不相熟的人隔开的界线。即使在近距离下，她的皮肤看起来也完全正常，散发着青春和健康的光芒。她皱了皱小鼻子，凝视着我的脸。

"你床上也是这种布料吗？看上去你的皮肤也受影响了。"

L 对她肆无忌惮的行为视而不见，交叉着双臂站着看风景，与此同时，我解释说我们所有床上用品都是一样的，因为是纯天然、健康的产品，才有轻微的粗糙感。我补充说，我没办法给她别的床单，除非我一路开车回到前一天接上他们的小镇，那里才有商店。她恳求地看着我。

"那，完全不能去吗？"她说。

我想了个办法抽身——布雷特了不起的地方

在于，即使在最开放的空间里，她也有办法让你感觉进退不得——我跑回房子，把自己扔进淋浴间，洗了又洗，仿佛希望洗完之后我就会全然消失。晚些时候，我派贾丝廷和库尔特去找他们，要了一份他们所需物品的清单，可以去最近的小镇买。即使床单的话题再次出现，我也永远不会知道了！

杰弗斯，那个春天，贾丝廷二十一岁，一个人开始展露本色的年纪。在很多方面，她展现出的完全不是我所理解的她，同时，她又出乎意料地让我联想到我认识的其他一些人。我觉得父母不一定对他们的孩子有多了解。你看到的是孩子无法克制的行为或状态，而不是他们的意图，这导致了各种各样的误解。比方说，很多家长深信他们的孩子有艺术天赋，而孩子根本没有成为艺术家的打算！试图预测一个孩子的成长，完全就是盲人摸象——我想我们这样做是为了让抚养他们更有趣，也为了打发时间，就像一个好故事能打发时间一样。而真正重要的是，之后，孩子们可以进入世界，并留在那里。我相信孩子们比任何人都清楚这一点。我从来对孝道的概念没什么兴趣，也不想从贾丝廷那里索取给母亲的贡品，因此我们在与彼此的交往中很快就直入主题。我记得她十三岁左右的时候问我，我认为我对她应尽义务的限度在哪里。

"我认为我不得不放你走，"我想了想，说道，"但如果这行不通的话，我不得不永远为你负责。"

她静静地坐了一会儿，然后点了点头，说："好。"

由于我们共同经历过的事，我以为贾丝廷是脆弱的、受过伤的，而实际上她的主要特点是她的无畏。还是个小孩子的时候，她就显露出这种特质。所以，杰弗斯，也许更正确的说法是，如果我们见过的那个小孩子在成年后再次显形，那我们可以认为我们尽到了做父母的职责，没有犯下致命错误，没有渎职。我时常琢磨绘画作品的遗存，以及对我们的文明来说，一幅画历经岁月而完好无损地保留下来意味着什么。我觉得，这种遗存的道德意义——原作的遗存——也涉及人类灵魂的保留。有一段时间我失去了贾丝廷，我永远不会知道她那时具体经历了什么，而我一直留神观察，试图发现那段时间的经历是不是造成了什么伤害。在我们有关义务的谈话那阵子，我和她说了这件事。我告诉她，我欠下了她一年的照顾，她可以将它视为一笔正式债务，随时来索取。我甚至在纸上给她写了一张借条！她为此拿我打趣，也从来没有把那张纸还给我。但当她和库尔特从柏林回来和我们住时，我确实想到她可能是在收取我欠她的东西。

她不在的那段时间里变得像一个陌生人。就好比当你故地重游，曾经熟悉的场所似乎变得更小、更清晰，并且任何改变在一开始都令人震惊，我觉得贾丝廷像是被提炼过，并且在一些方面变化惊人。改变也是失去，在这种意义上，父母每天都在失去他们的孩子，直到你意识到最好还是不要再预测他们的变化，而是专注于你眼前所见的。那阵子，她小而结实的体格突然变成熟了，并且获得一种密度和灵敏，让人联想到杂技演员：她像是满怀压抑已久但完美平衡的能量，仿佛随时会欢腾地旋转升空。但同样地，当她毫无方向或无事可做时，她会表现得极为虚弱无力，像是一个不知为何被困在地上的杂技演员。让我失望的是，她剪掉了所有头发。并且，她开始穿方方正正的罩衫和工作服，这与她的热情洋溢以及库尔特光彩夺目的衣橱形成鲜明对比。我怀疑她在无谓地挥霍她的女性气质。也许因为我暗暗害怕这或许是我的错，我很想把这种浪费怪在库尔特头上。他们两个展现出的中年无趣的形象更像是他——而不是她——唤起的，并且还很自得其乐。我时常惊讶于他对她的小声奚落与批评，就像父母有时会在人前压低声音批评孩子来给自己增色。然而贾丝廷对他唯命是从，如果事情起了变化，他的需求或期待因此无法满足，她会变得十分慌乱，这意味着和他们一起在主屋近距离生活时，我总是有点紧张，生怕我不经意间引起不满。

私下里，我将贾丝廷的行为解读为她对她父亲情感的直接产物，我自己在她父亲面前曾经也很紧张、唯命是从。事实上，我发现自己自然而然地开始把库尔特当作他。一天早上，我坐在贾丝廷旁边，她在钱包里找东西，一张小照片掉了出来。我捡起来，看到是一张她和她父亲的特写照。我已经好几年没有见到他本人了。他们的头靠在一起，手臂搂着对方的脖子，看起来非常开心。我太惊讶了，以至于根本没有嫉妒或不安全感，只有纯粹的欣赏！

"这张你和你爸爸的合影太好看了。"我对她说。她在我耳边尖声大笑起来，我吓了一跳。

"那是库尔特！"她说，一边咯咯笑着一边把照片塞回钱包。

后来她把这件事告诉库尔特，他们又一次为我把他认成她父亲这件事笑了起来，虽然我开始逐渐意识到，我的误会比他们想象的更深。比如说，每当托尼叫库尔特去外面帮忙干活，一种抗议就会立刻跳进我的喉咙，好像我认为库尔特应该被保护起来，免受不适和劳作。我曾一度对贾丝廷的父亲有同样的想法，看来人真的不太能完全改变自己。但贾丝廷自己并不反对这些要求，她不反对，是因为提出要求的是托尼。我发现这一点，是因为有次我随口叫库尔特帮忙收桌上的盘子，贾丝廷立刻气急败坏，怒视着我。对于一些人"爱慕"另一些人的说法，我一般都表示怀疑，尤其是当人们无法选择他们爱慕的对象时。然而贾丝廷似乎确实从一开始就喜欢托尼，信任托尼，而我相信托尼爱她就像爱自己的亲生女儿。大多数人都做不到付出这种无私的爱，但托尼没有亲生孩子，也没有血亲，可以想爱谁就爱谁。不管怎么说，托尼认为库尔特应该帮一帮忙，找点事做。当我窘迫地告诉托尼我搞混了照片时，他停下手上的动作，像鳄鱼一样半闭着眼皮一动不动了很久，我这才意识到，我选择贾丝廷的父亲和贾丝廷选择库尔特这两者之间的相似性，对托尼来说一直显而易见。

杰弗斯，L和布雷特到达后的第一个早晨，当我站在船边和L交谈时，是一段反常的炎热天气的开端。春天通常是一个瞬息万变的时节：风、阳光、雨水交替着驱散冬天，萌发新事物。相反，我们得到的是日复一日莫名的寂静炎热，最初的花急急地从生土中冲出，树木匆忙长出叶子。走在沼泽上，我注意到这个季节里通常泥泞的小路是干燥的，到处都是大团嗡嗡作响的虫子，空气里是前所未有的尖锐跳动着的鸟鸣，好像这些生物都从地上被召集起来，提前开始某种伟大神秘的约会。

天气太干了，托尼开始担心一些小树和幼苗可能会因为缺少春雨而死去，因此他开始用长长的橡胶软管建造灌溉系统，铺设在我们土地四周。这个系统有诸多回路和接口，像一个巨大的静脉网络，他需要在软管侧面刺穿数百个小孔，这样水才能源源不断地滴出来。这是一项烦琐而费力的工作，他花了好几个小时。我习惯了看他在远处，一会儿在土地的这个角落，一会儿在另一个角落，弯着腰，全神贯注。过了一会儿，他征召了库尔特来帮他，然后远处就有两个小人影，弯着腰讨论着，烈日当头。我时不时给他们拿点东西喝，要过很长时间他们才会注意到我，与此同时，他们苦苦思索某个复杂接口的原理，或者试图弄清楚为什么水没有流经某个特定支流。他们绝不能粗心大意：最小的错误都会造成整个系统的失败。大多数树都是托尼亲手种的，他在意每一棵树。杰弗斯，去照顾好每一个细节，而不是欺骗自己或大手一挥忽略其中一个部分，是多么艰难耗时！我想，写一首诗大概也是如此。

库尔特一开始很乐意做这项工作，但过了一阵子，我看出他有些厌倦了。他能坚持下去，靠的是他的礼节和优越成长环境中适当的纪律，而不是完美主义者的狂热或尽忠职守的士兵的坚毅。他的角色——被人珍视、训练有素的家犬——在努力适应这一事态发展，因为他看不出他在怎样的故事里才能扮演主角，又因为他在一天过后无论如何都已经疲惫不堪，库尔特退回一种迷茫的空白，仿佛他的自尊心受到某种震荡。这个间隙让贾丝廷想要实验自己的力量，而布雷特跃跃欲试地为她提供机会。

"布雷特真是个有意思的人，"一天下午，贾丝廷和我说，她刚去为第二处买补给，很久才回来，

"你知道吗，她以前在伦敦芭蕾舞团跳舞，同时还在攻读医学院。"

我完全不知道布雷特念过医学院，也不知道她是个专业舞者：我只知道，此刻，她像一块插入我生活的巨大碎片，并且我不知道如何、何时才能把她拔掉。

因为天气异常好，黄昏时托尼会把外面的大火盆点燃，这样我们就可以坐着看夕阳落在海上，直到清凉的夜降临。我看着烟滚上天空，想着 L 能从第二处看到，希望这会把他吸引到我们这里来。那天第一次谈话之后，我几乎没见过 L，他们那户的任何问题或要求都由布雷特传达，因此，在我看来，他很明显是在躲躲藏藏。每晚，托尼把火烧得越来越旺，仿佛他读懂了我的想法，也在帮忙召唤 L。第四或第五天晚上，正当黑暗快要降临，我终于看见他们两个从树影间蜿蜒而出，走向我们。我们都跳起来欢迎他们，并在火盆周围为他们腾出空间。我不记得我们聊了什么，只记得 L 那双灯一样的眼睛，随着黄昏降临愈发明亮、愈发锐利，像某种夜行动物的眼睛——我还记得，他特意坐得离我越远越好。

我们传递着一个大罐子，里面是某种鸡尾酒，但 L 没有喝他的那份：他给自己倒了一点，估计是为了不引起注意，但我事后发现，他完全没动过那杯酒。在我认识他的时候，他从不喝酒，至少我没有看到过。杰弗斯，我们总会在一天结束时畅饮一番，然后困倦地早早睡下，和鸟儿一起——这似乎很适合我们在这里的生活方式。因此 L 在黑暗中的警觉令人不安。不过，能坐在他面前，我很高兴，或者更准确地说是，一两个小时里不用思考他的缺席意味着什么是很愉快的。但那一次之后，他再也没有来过。他待在家里，而布雷特每晚都跟跄着、呼唤着穿过林间空地，和我们围成一圈坐着，通常坐在贾丝廷旁边。折腾了一整天软管之后，库尔特第一杯鸡尾酒没喝到一半，就开始在火盆前打瞌睡：我们叫醒他吃晚饭，但他基本在九点前就悄悄上床睡觉。这让贾丝廷不知如何是好，而布雷特顺势接手。于是，我希望这火焰能召唤我想要的东西，却最终召来了我最不想要的东西，那就是更多和布雷特在一起的时间！

床单事件之后，每当我们碰面，我对待布雷特总是诚挚而又谨慎，但如今她开始更多地在主屋走动，我意识到我需要想出一种更好用的相处模式。一天下午，我经过贾丝廷的房间，听到她俩在关着的门后有说有笑。我再见到贾丝廷时，她的短发换了一个样式，好看多了。她还系着一条亮色头巾，引人瞩目地勾勒出她漂亮的脸。

"布雷特说服了我开始留长发。"贾丝廷说，略有惭色，因为几周来我也一直在暗示她这么做。

她确实开始把头发留长，杰弗斯，从春到夏，到了秋天，她漂亮的深色鬈发几乎垂到肩膀，尽管那时库尔特已经看不到了。

很快她就和布雷特形影不离。因为她们年纪相差不大，我不得不承认她们成为朋友是很自然的，哪怕她们性格迥异。其实我之后发现，布雷特要比贾丝廷大许多，这也许可以解释为什么是贾丝廷被她影响，而不是反之——而且是好的影响，我必须承认，至少就贾丝廷的外表而言。

"这到底是个什么？"当布雷特发现贾丝廷穿着她习惯穿的那种麻袋状的衣服时，她会这样说，而这是我不敢说的，"是从哈伯德大妈*的衣橱里来

---

* 出自经典儿歌《哈伯德老大妈》（"Old Mother Hubbard"），又有宽松连衣裙之意。

的吗？"

"哈伯德大妈"是从前一些维多利亚时期的女士穿的那种宽松连衣裙，从头到脚罩住，以避免穿束腰——布雷特拿这个做比较是夸张了，但也差不多！布雷特自己当然一有机会就展示她美好的身形。我认为贾丝廷的自我遮掩和对朴实舒适的崇拜来源于她的羞耻和自我厌恶，而我之所以这么认为，是因为这也是我自己一直以来的感受。内心深处，我担心我没有为贾丝廷的女性特质做某些至关重要的事，或者更糟，我担心我无意中对她做了我自己经受过的事。成长过程中，我厌恶自己的躯体，并把女性气质视为一种掩丑的装置——像是束腰：我无法接受自己的丑陋，就像我无法接受其他种类的丑陋。因此，一个像布雷特这样的女人让我深感不安，不仅是因为她乐于暴露自我，也是因为我感觉她因此有能力——并无恶意地——暴露他人。所以有一天，当布雷特在厨房里笑着悄悄走近贾丝廷，抓住她罩衫的下摆，飞速甩到她头上，让我女儿仅穿着内衣的年轻身体在厨房里一览无余时，我急不可耐地想要证明布雷特的戏该收场了。

"你怎么敢！"我大叫，这是从第一天认识她起我就想说的，"你以为你是谁？"

贾丝廷发出低沉的尖叫，我很快意识到她在笑，但我还是愤怒又沮丧，就好像布雷特如此无情揭露的是我自己的肉体。

"对不起。"布雷特说。同时，她漂亮而懊悔的脸凑近我，有些太近了，安抚的手搁在我手臂上，"我是不是太亢奋了？"

"我们这里不全是暴露狂。"我恶狠狠地说。

然而，贾丝廷在那件事之后一点也不生布雷特的气，甚至允许布雷特时不时地叫她"哈伯德大妈"，我对此暗自不满，直到有一天我意识到麻袋不见了，我的女儿正在破茧成蝶。一天下午，我从房子里出来，走到明亮的阳光下，在那儿，我看见两个人影坐在草地上，一瞬间，我似乎不认识她们中的任何一个——两个清爽的、笑着的年轻女子，四肢暴露在阳光下，仿佛创世之初的一对宁芙*降落在了我们的草坪上！

"布雷特想教我开帆船，"贾丝廷不久后说，"你觉得托尼会让我们用他的船吗？"

---

* 宁芙（Nymph），希腊神话中居于山林水泽的仙女，多是美丽少女的形象。

"你最好自己问问他，"我说，"你确定她真的会开吗？这不像地中海那种水上摩托。我觉得托尼会担心的。"

"她一个人开帆船横跨过大西洋！"我提出这些反对意见时，贾丝廷突然大叫，"他们甚至在纽约展出了她那次旅程拍的照片！"

好吧，我几乎忍不住想要当场揭露布雷特是个幻想家，并强迫贾丝廷承认，布雷特对自己生活的描述简直天马行空，但我有理由相信，真相自会水落石出。我希望托尼能把无情的火炬照在布雷特身上，同时又暗自内疚，因为我任由贾丝廷依恋一个谎话连篇、自我吹捧的人。我也懊恼地想起，是 L 自作主张把她带到我们中间的。

在我强迫托尼去和布雷特聊一聊开船的事之后，他说："她可以开。"这让我十分惊讶。"她有证书。她给我看了。"

这是一张国际资格证，杰弗斯，持证者可以在世界上任何地方驾驶大型游艇。我们旧旧的小木船几乎算不上什么！贾丝廷一直都喜欢和托尼坐那条船出海，但是当他想要教她开时，她拒绝了。我觉得她不认为她生命中的成年人可以教她任何事，托尼也一样。还有，她说，她看不出学这个的意义，因为她不太可能会有自己的船，而库尔特的存在似乎强化了这种未来的图景，于是恐惧被伪装成常识，甚至是轻蔑。我几乎可以想象他对自己说，如果贾丝廷学会开船，或许有天她坐上一条船，就丢下他开走了！她和库尔特似乎以这样那样的方式对风险与奇遇背过身去。但现在，我看到她开始反抗这些条条框框，即使我自己私下里已经妥协，并接受了她因此被局限的未来。

杰弗斯，我想说的是，看着贾丝廷开始把自己和库尔特隔开，并质疑他对她的控制，在某种奇怪的意义上，我是在看着她超越我。仿佛我们在赛跑，各自处于不同的时间点，但又身在同一场地。在我灾难性地跌倒的地方，她以卓越的技巧和力量跃了过去，继续奔跑。我看到的库尔特和她父亲的相似之处，是我潜意识的惊人产物。我害怕她父亲，因此把他视作骇人的庞然大物，却把库尔特归为黏人的弱者。但库尔特并不弱：男人是不可能弱的。一部分男人承认自己的力量，以其行善，另一部分男人能够化自己的权力意志为吸引力，还有一部分男人则通过欺骗与纵容来维持一种让他们自己都有些害怕的自私。换句话说，如果库尔特是弱者，那么贾丝廷的父亲也是，这就是照片事件向我揭示的。很大程度上，权力在于你清楚其他人有多愿意将权力交给你。库尔特身上我斥之为软弱的部分，正是多年前毁坏我生活的力量，而即使是现在，我也只是误打误撞才认出来。

L 来的最初几周，托尼在铺设灌溉系统，布雷特在入侵我们的生活，炎热的天气束缚着我们。那几周有一种中场休息或幕间休息的感觉，发生的变化就像是后台的服装或布景变化。而我，是一个孤零零的前排观众：这感觉，几乎像从另一头看望远镜，看到的一切都比平时更远，也许是因为我自己不怎么是任何人关注的焦点。这些时刻感觉像是死亡的暗示，直到你想起，正是由于观众的存在，整场戏才得以上演。但我意识到我身边有一个空座位，L 本该在的位置：我觉得我们原本可以一起观看和理解。我的失望和悲伤被一种希望制约，希望他很快可以现身。

因为托尼忙于铺设水管，没时间在菜园里种下春苗，所以我不得不提出由我来做，尽管我不喜欢这类工作。不是因为我懒，而是因为我感觉我的生活里已经有太多实际任务，只要再多加一件事，天平就会倾斜，我就不得不承认我的生活不如我所愿。难的是找到可以放在天平另一边的东西：就像我说的，闲下来的时候，我完全可以干坐着，盯着前方。然而，只要一有人要我去做什么事，我就立即感到压迫！托尼完全理解我这一点，几乎从不期望我会动一根手指头。唯一让他不悦的是，我不能更多地以睡眠和放空来满足这种不活动的需求。每天早晨，我总会跳下床，横冲直撞，精神抖擞，完全可以一天造出一个罗马，只是另一部分的我不允许自己这样做。托尼睡得又久又深，他起床后，会平衡好娱乐和义务，从不偏向其中一方，避免给自己造成任何压力。杰弗斯，我会着迷地看着他，试着向他学习。他极其缓慢地做早饭，吃早饭，与此同时我像动物一样狼吞虎咽，以至于在吃饱之前很久就已经吃完了。他会为一些我只觉得不耐烦的事大费周章，比如说，他一心想修好那台我早就想丢掉的坏了的旧收音机，即使我们已经买了一台新的来替代。他花了很长时间修它，有一阵子，我们的厨房桌上铺满了零件，然后，就在我们开始为它吵起来的时候，旧收音机消失了。几天后，托尼坐在田间的拖拉机上，我过去和他说一些事。当我穿过草地走近时，我清晰地听到亨德尔的《阿琪娜》里的一支咏叹调大声鸣响，盖过了引擎的噪声。托尼把收音机装在了拖拉机上，于是他可以听着音乐开来开去！

托尼认为我已经做了超出我份额的工作，现在，在和他的生活里，我只需享受，但他没有考虑过，对一个从未真正重视过享乐的人来说，享乐是多么困难的事。他认为我应该为自己承受的和收获的感到骄傲，以蜂后般的姿态来来去去，但与此同时，我开始觉得这个世界太危险，我不能就这样停下脚步，为自己喝彩。事实上，我一直想当然地认为我的快乐被存起来了，像是我把它一点一点存在一个银行账户里，但当我去取它的时候，却发现账户是空的。我才发现，快乐是易腐烂的东西，我应该早一点来拿的。

我现在想要的是那种富有意义的工作或消遣，但无论我怎么努力，都没有办法在那些幼苗里找到意义！尽管如此，我还是穿上我的旧靴子，找到泥铲和耙子，叹着气，拖着沉重的脚步走去苗床，开始我的任务。正当我从手推车中卸下装满绿芽的托盘时，偏偏是布雷特出现在我身边，她穿一件樱草色连衣裙，整个人清新、优雅，脚踩银色凉鞋，和我泥泞、吃人怪物一样的打扮形成了最鲜明的对比。

"要帮忙吗？"她愉快地说，"L 今天早上脾气很坏，所以我想我最好躲远一点。"

好吧，杰弗斯，尽管我对布雷特的出现很恼火，并且感觉她把自己强加于我，但我承认，我从没想过她的感受：她被困在这里，和一群陌生人待在一起，与一个出了名地棘手的、和她关系不清不楚的男人共享一个狭窄空间。我不是那种可以本能地理解和同情其他女人的女人，大概因为我不怎么理解和同情自己。之前，布雷特在我看来似乎拥有一切，但那一刻，我在一瞬间看到了她的一无所有，而她唐突和不羁的行为只是她的生存手段。她像是那种攀缘植物，需要倚靠在别的东西上生长，没有她自己固有的支撑。

"谢谢你，"我说，"但我不想弄脏你的漂亮衣服。"

"哦，别担心这个，"她说，"偶尔弄脏一下挺好的。"

她拿起泥铲，蹲在幼苗的托盘边。

"如果我们挖一条小沟，"她说，"会更容易。"

我很乐意由她来指挥。我跪坐着，而她灵巧又整齐地沿着苗床挖出一条浅沟。我问她 L 是不是经常脾气不好，她停下手头的活儿，戏剧性地仰头大笑起来。

"你知道他说什么吗？他说他正在经历生命的变化！"

"变化？你是说像女人那样？"

"他是这么说的，只是我不觉得女人还会用这个说法。"

杰弗斯，布雷特觉得好笑，我却觉得这个想法很有趣：在我看来，这的确像是艺术家身上会发生的事，一旦他们能力的源泉经受某种损失或变化。哦，结束血与命运的服役，是多么苦涩的感觉！被自己的冲动引导，继而被它抛弃：一位艺术家难道不应该比任何人都更能体会得到？

"要我说，"布雷特说，"是别的事在变，不是他自己。他还是想要一切像从前一样。他在生闷气，仅此而已。他想拿回所有他假装是理所当然的东西。"

她接着说，在多年的疯狂高估之后，艺术市场已经完全崩溃了，因此有许多人和 L 在同一条船上——其他人还更糟，因为他们没有 L 的背景。但也有另一些人——极少数人——他们的名誉和财富安然无恙。

"这些人里有的碰巧比他年轻，"她说，"而且肤色不同，有几个甚至是女人，这更让他觉得世界在和他作对。问题是，他感到无能为力。"

"可他确实是个大人物。"我说。

布雷特轻轻耸了一下肩。

"我觉得他正在适应作为一个大艺术家漫长奢华的退休生活。他有很多有钱的朋友，"她轻声补充说，"光是拜访所有人，就要花一整年时间。他拜访完一圈，就准备好再回去见第一个了。这些人大部分都是他作品的重要投资人，如果他现在给他们打电话，他们都会坐在那里盯着墙看，墙上九成的价值都被抹去了。我觉得，"她敏捷地从盘子里取出幼苗，开始将它们沿着浅沟排成直线，接着说，"再次被剥光到一文不值，对他来说或许是最好的。他还年轻，不能就坐在别人的游泳池边喝马天尼。"

我问她，她自己多大了。

"三十二岁，"她笑着说，"但你要保证不告诉任何人。"

她告诉我，她认识L是通过她有钱的表兄，也就是驾驶飞机带他们来这里的人。

"他是个大变态，"她说，"小时候家庭聚会，他会把我关在衣柜里，手伸进我的裙子。他现在看起来像个海怪。但他成了一个收藏家，他们都这样，想象力太有限，不知道能怎么花他们的钱。很可笑是不是，他们那么想要证明，没办法用钱买到的东西，到头来还是可以用钱买到。我其实是在他家里第一次见到L的，后来我说服他买了一整套L工作室里乱放着的素描。他对艺术一无所知，所以很乐意花大价钱，带我们飞到这里来也是价格的一部分。这就是L的所有钱，"她补充说，"就现在而言。"

"那你呢？"我问。我对这一切相当震惊。

"哦，我一直有钱。当然，很多已经没了，但够我用了。这一直是我的问题。没有动力。"她说这些话时做了个鬼脸，用手指比了个引号。"我被L吸引是因为他看起来那么苦涩、愤怒、叛逆，而在我生活的世界里，我很少碰到这样的人。我倒是没有问问自己，他在我们那样的世界里做什么！"

她告诉我她很喜欢贾丝廷。

"她非常坦诚，"她说，"是你的功劳吗？"

我说我不知道。我确实总是对她很坦诚，但那不完全是一回事。

"人们会厌倦过多的坦诚，"我说，"他们会想要再次遮遮掩掩。"

"没错！"布雷特说，"我十一岁的时候，就受够了人们假装给我看我不该看的东西，所以我决定成为一个修女！我总是在决定成为这个成为那个——我可能是想知道，有什么是我做不了的。"

她问我是怎么认识托尼，怎么来到这里生活的。我告诉了她，并说这完全是巧合。过一种和你之前的经历毫不相干的生活，我说，是件很奇怪的事。没有任何线索通向托尼，我之前和现在所在的地方之间没有任何联系，所以我是通过完全不同的方式才了解到托尼，以及这里的。我告诉她，离这儿不远有个地方，像是个群岛，海水使得陆地上形成了巨大的裂缝，在其中一条长而窄的水体两边的岸上，有两个面对面的村子。驱车从一个村子到另一个村子要花好几个小时，要向内陆行驶数英里，然后再开向海边，但两个村子彼此一目了然，甚至看得到对方晾衣绳上的衣服！我说，类似这种，不是由于距离，而是因为不相通而造成的分离，就是我的情况：我对我所看到的，比我实际在的地方更熟悉。因此，从这边看过去，我确切地知道在另一边会是怎样的。我不确定的是我自己这一边是怎样的。但我知道，能遇到托尼，是我的幸运。

"靠运气过活很可怕啊！"布雷特说，似乎有些惆怅。

她继而直截了当地问，我是否觉得自己爱上了L！

"不是，"我说，尽管，杰弗斯，其实我自己也开始怀疑同样的事，"我只是想了解他。"

"哦，"她说，"我还在想呢，到底是什么。"

"你爱他吗？"我问。

"我只是个朋友。"她说，一边掸掉手上的泥土，把空盘子放回手推车，"有段时间他为我发狂。我想他是以为我可以在性方面治好他，但我也没办法。他那方面已经没救了。作为代替，我让他教我画画。他说我有一些能力。我觉得这会是我的下一份职业！"

托尼说他要去给 L 当模特，让我大为惊讶。一个明亮清澈的早上，他去到第二处，几个小时后才回来。

"我不明白那个男人为什么不干脆自杀。"他说。

他又给 L 当了两次模特，那之后，他有太多工作要做了。大群鲭鱼突然来到我们的水域，他和男人们每天都开船出去，然后卖掉捕获的鱼。这意味着我们有新鲜的鲭鱼作为晚餐，也意味着托尼从早到晚都不在家。

我们收到一个给 L 的包裹，一个贴满外国邮票的破烂的大盒子。布雷特和贾丝廷开车去了镇上，于是我自己过去交给他。这段时间里，我一次也没有踏足过那里。自从和 L 站在船头聊天的那个早上以来，我也再没单独见过他。很难说我当时心情如何，杰弗斯，只能说我心里有一种钝重的、来路不明的失望。可能只是因为当时 L 和布雷特已经来了差不多三个星期，我们接纳了他们，却没有感到任何变化。布雷特在水面快乐地航行，而 L 像一块沉入水底的石头。我说不清到底哪里出了错，也无法解释我的失望，以及造成了这种失望的期待——毕竟，我们知道与访客的相处会有各种出乎意料的形式，也早就习惯了——我能想到的只是，这似乎又回到我和 L 第一次谈话时提到的关于感激的问题。我想，我从没见过像他这么光明正大地不知感恩的人。但我又想起，他在和我说的头几个字里就提出了感激，而我轻蔑地拒绝了。

那个盒子真的很笨重，我好不容易才把它拖上林间空地。阳光下，第二处的门开着，我在门口驻足，把盒子放在刚进门的地方，停下来喘口气。从那里，我看到贯穿整个主室的窗子。我忍不住叫出声：

"我的窗帘！"

窗帘消失了——只剩下光秃秃的杆子！我都没注意到，L 正背对我坐在房间最远的角落。听到我的声音，他转过身来。他弓着背坐在一个木凳子上，系着一条沾满颜料的大围裙，面前的画架上绷着画布。他手上没有画笔，也没别的工具：就我看来，他只是坐在那里凝视画布。

"我们拿掉了，"他说，"挺碍事的。窗帘很安全，放心。"他补充道，接着压低声音，像是用一种令人不悦的嘲讽语调重复了一遍，我的窗帘。

他面前的画布是一片泥泞模糊的背景，幽灵般的悬崖形状朝中心倾泻而下。形状很微弱，好像才刚刚开始浮现，因此很难解读，我只知道那些山一样的形状和从毫无遮挡的窗子看出去的景色毫无关系。

"这是寄给你的。"我指着盒子说。

看见它，他的表情亮了起来，眼睛里的光又点上了。

"谢谢你，"他说，"搬上来很重吧。"

"我没那么弱。"我说。

"但你很瘦小，"他说，"搞不好会伤到背。"

可能因为他说话又轻又含糊，也可能因为我很难接受别人对我个人的评论，他话音刚落，我就开始恍惚，他真的评价了我的个头吗——我到现在都不确定！杰弗斯，这是他的一贯风格，他让我只能称其为此时此地的界面变得模糊。一向清晰可见的事物失去形状，变得隐晦，近乎抽象。在某时某地与他和与别人在一起截然相反：和他，就好像一切已经发生过了，或者之后才会发生。

"总得有人把它拿过来吧。"我说。

"对不起，"他说，"麻烦你了。"

我们站着，相对而视。要说我从托尼身上学到了什么，那就是在这一类比拼中的毅力，但最终我决定认输，而正当我打算说我要回去了的时候，他说：

"要不要坐下来？"

他给了我一个他身旁的凳子，但我走到空火炉旁，坐在了那把旧旧的梯背椅上。我成年以后一直留着这把椅子，我忘了为什么，但我选择把它放在这里，放在第二处，可能是因为它总让我想起遇见托尼之前的生活，因此似乎不属于我和托尼的家：不论原因是什么，我庆幸那天又和它相遇了，它提醒了我，它在现在的这一切发生之前就存在了，并且以后也会继续存在。

"我们管它叫电椅，"L说，"因为形状出奇地相似。"

"你想的话，我可以把它拿走。"我冷淡地说。

"别说傻话了，"他说，"我只是开个玩笑。"

我不为所动地继续坐着，第一次好好看了看L。杰弗斯，我该怎么和你形容他呢？认识一个人之后，再去描述他的样子太难了——不如描述在他身边是什么感觉，那要容易得多！即使在最温暖的天气里，当沼泽上刮起东风，一切都变得冷漠而矛盾——嗯，L就有点像东风，他像那股风一样把自己固定在原地，安置下来后一个劲地吹。还有一点，在他面前，两性问题变得有些抽象，我想是因为他对世俗如此明晃晃地漠视。换句话说，他打破了人们对于男人和女人应该是什么样子的自动化思维。

他瘦小匀称，形体上完全没有气势，但你总觉得他随时都有可能爆发出某种剧烈的身体动作——感觉他一直在压抑自己的冲动。他的动作很小心，像是曾经受过伤，但实际上，我觉得这只是年岁对他的影响，大概因为他以为自己会永远年轻。他看起来确实还挺年轻的，部分因为他精心绘制的五官，尤其是他深邃的眉毛，在睁得很大的眼睛上方醒目地拱起，眼睛里是我描述过的那种光彩。他有一只小巧的鼻子，看上去很贵气：一个自命不凡之人的鼻子。他的嘴很小，很可爱，嘴唇丰满。他的外表有一些地中海气息——如我所说，一种刻画入微的特质。他总是十分干净整洁，完全不像人们想象中的艺术家。相比之下，他的油画围裙极其骇人，像屠夫的工作服一样沾满血块。我第一次注意到，他左手的手指有轻微的残疾——手指整个扭曲了，并且指尖处是平的。

注意到我在看他的手指，他说："小时候发生的意外。"

是，他是个有魅力的男人，虽然对我来说难以辨析：他的身体散发出一种中立，让我感觉被针对了，我认为这标志着他不把我视作一个真正的女人。像我之前说的，他让我觉得自己毫无魅力，而且我得承认，我那天穿得很用心，因为觉得可能会见到他。但他是如此小巧自恃，完全不是对我有性吸引力的那种男人——如果我想，我大可捍卫我的虚荣心！然而，我却屈服于一种落魄的感觉，其中有一种不合逻辑的希望。我多希望他更好一点，或者我更差一点，这样的希望唤醒了我的意志——不论如何，我们之间那种难以名状的感觉唤醒了我身体里一个危险的部分，让我感觉我从没真正活过。也正是这个部分——或是它的某个方面——让我被托尼吸引。一开始，我也没有完全认出托尼，或者不觉得我会被他吸引。但托尼也同样唤醒了我，他让我发现我内心有一个永恒的男性形象，而托尼与这个形象并不相符。要看见托尼，我不得不使用一种我不完全信任的能力。我逐渐意识到，这一男性形象曾在我一生中以不同形式让我认出一些人，并认为他们是真实的，而其余人始终是二维的，被我忽略。我明白我不应该再信任这个形象，不去信任却因此得到了奖励，这种机制日积月累地取代了真正的信任和信念：我想，这才是在我与过去的自己之间形成鸿沟的重要原因，而不完全是因为托尼这个人，或者是我与过去生活的地理距离。

杰弗斯，我经常想，是不是真正的艺术家都早早地成功摒弃或疏离了他们的内在现实，这或许解释了为什么有的人能一方面对生活所知甚多，另一方面却一无所知。遇见托尼，学着推翻自己对现实的理解之后，我发现我竟可以如此广泛而不加甄选地想象，也可以如此冷漠地审视自己的精神产物。我上一段人生里唯一经历这种现象，是在某个时刻，我想象能怎么伤害自己，那很骇人。我想，正是那个时候，我对自己所过的生活的信念，与我无法再这样生活下去的想法之间，发生了你死我活的决斗。那些时刻里，我觉得我瞥见了什么，一种对自我的恐惧或憎恶，像是通往人格另一面的门槛：杰弗斯，我看见的是一个怪物，一个拳打脚踢的丑陋巨人。我以最快的速度猛关上门，但还是让它从我身上挖掉了一大块。后来，我开始在沼泽生活，重温这些回忆时，我发现我在以最为残酷的眼光审视自己。我前所未有地渴望拥有创造的能力。感觉好像只有创造——去表达或反映存在的某些方面——才能弥补我似乎获得了的可怕知识。我已经失去对事件的盲目信念，也无法再沉浸于自身的存在，而我发现，在此之前，是这种信念与沉浸让我得以忍受我的存在。在我看来，不再相信、不再沉浸，等同于获得了感知上的权威，像是一种超越语言的权威：我那么确信我有办法将它描绘出来，甚至买了油画材料，在房子一角摆起来，但杰弗斯，我在尝试作画时体会到的是解脱的对立面。比起解脱，我的身体像是忽然被一种彻底而永恒的失能占据，而我将不得不永远在这种麻痹中清醒地活着。

正如索福克勒斯 * 所说——如果真相无法帮助你，知道真相是多么可怕的事！

但我现在的目的是为你描绘出 L 的形象：我自己这些对感知和现实的想法毫无价值，除非这能加深我对 L 其人和其思维方式的笨拙理解。我怀疑艺术家的灵魂——或者说他作为艺术家的那部分灵魂——必须完全无关道德、脱离个人偏见。生活不断强化我们的个人偏见，从而让我们接受个人命运的局限性，因此艺术家尤其要对个人偏见的诱惑保持警觉，才能在真理到来时听见它的呼唤。我想，这种呼唤是世界上最容易错过的东西——或者更准确地说，最容易忽视的东西。忽视它的诱惑不止一次造访，而是千万次，直到最后的最后。大多数人在关心真相之前，更想先关心自己，然后又会奇怪他们的才华跑到哪儿去了。杰弗斯，这和幸福没太大关系，但我不得不说，我认识的艺术家中，最大程度实现他们愿景的，往往是最痛苦的。L 就是其中之一——他的痛苦像浓雾一样围绕着他。但我不禁怀疑，他的痛苦与别的事纠缠在了一起，他的年

---

* 索福克勒斯（Sophocles），古希腊剧作家，古希腊悲剧的代表人物之一。其著名悲剧《俄狄浦斯王》即关于知晓残酷真相的后果。

纪、衰退的男子气概、遭遇过的变故：换句话说，他希望曾经对自己有更多的关心，而不是更少！

坐在他的凳子上，L 谈起他年轻时在加利福尼亚度过的一段时间，就在他早年成功的第一个戏剧性高峰之后。那时他买了一块海滩上的地方，离水十分近，近到白沫般的海浪几乎涌进房子。海洋迷人的声音与动作施展了一种咒语或魔法，他身在其中，一遍一遍地过着同样的日子，直到不再感到日子流逝。日光落下，又被汹涌的海浪掀起一层薄雾，形成一堵环绕的磷光围墙，犹如一碗光。在光碗中生活，在时间的机理之外——这，他意识到，是自由。他和一个名叫坎迪的女人在一起，她香甜可口的名字定义了她*——关于她的一切都是纯粹美味的糖。一整个漫长夏天，他们住在沙子上，在发光的水中打滚，几乎什么也不穿，皮肤晒成那么深的褐色，仿佛身体里有什么已经化为永恒，像两个窑烧的泥人。他可以一整天什么都不做，只看着她，她站着、躺着或移动的样子。他一次也没有画过她，因为她像是拔出了他心上的那根刺，把他带入一种

---

* 坎迪（Candy），在英文中意为"糖果"。

眩晕的亲密状态。她已经是她自身最准确的表达。他臣服于她，像一个婴儿臣服于母亲。作为回报，他获得的甜蜜是一种麻醉，让他第一次明白物我两忘是什么感觉。

"她搬去了巴黎，"他的目光把我捆在椅子上，"嫁给了那里的某个贵族，我几十年里都没有见过她，也没有她的消息。但上周她忽然写信给我。她从我的画廊经理那里要到我的联系方式，写信和我说她的生活。她和丈夫住在乡下一个偏僻地方，他们的女儿住在巴黎的祖宅。这个女儿和海滩上的坎迪一样大，让她又想起那些日子，因为她女儿总让她想到同龄的自己。她说，她想过要见我，但最后还是觉得算了。已经过了太久了，而且太难过了。但如果我恰好在巴黎，她说，她相信她的女儿会很乐意见我，带我四处看看。我最近在想，"L说，"怎么去那儿，和这个女孩见面会是什么样。在女儿身体里重生的母亲——如此美妙诱人，如此荒唐！这有可能吗？"

他在微笑，一个灿烂得瘆人的笑，眼睛闪着光——他忽然看起来怪诞又充满活力，十分危险。我觉得他的故事令人痛心又可怕，我恍惚地希望他说这个故事是出于残忍，否则，我只能认定他是个疯子！一个时运不济的老男人，冲去巴黎，期待着旧情人的再现，并由此光荣地恢复青春活力——这令人不适，杰弗斯，甚至可笑。

"能不能去巴黎，我不知道，"我十分僵硬地说，"我不知道行不行，你得自己研究一下。"

我恨透了这种强加于我的僵硬！他是否明白，在我面前炫耀他的自由和他欲望的满足，只会让我比踏进这道门之前更不自由、更不满足？他看上去被我的话惊到了，仿佛他没想到我会提出如此实际的意见。

"都蠢透了，"他半是对自己轻声说，"你厌倦了现实，然后发觉现实早已厌倦了你。我们都应该活得真实一点，"他说，与此同时又露出那个可怕的微笑，"像托尼一样。"

他奇怪地咯咯笑着，取出画架后边那幅托尼的画，倚在墙上给我看。那是一块很小的画布，但上面的人像甚至更小——他把托尼画得微乎其微！他整个人都被一丝不苟地画了出来，像老式的微型画，具体到他的鞋子，因此他看起来悲伤而无足轻重。太无情了，杰弗斯——L把托尼画成了一个玩具士兵！

"我想你自己大概以戈雅*那种眼光看他，"他说，"触手可及。还是说，保持一只手臂的距离？"

"我从没有一下子看到过托尼整个人，"我说，"他太高大了。"

"他没给我足够的时间。"他唐突地说，如我所愿，他看出了我对画的失望，"他好像很忙。"

这话里带着些嘲讽，好像在指责托尼妄自尊大。

"他来，只是因为他觉得我想他来。"我苦涩地说。

"我想从这个形象里找到些什么，但可能它不在那儿，"L说，"一种破碎感，或不完整感。"他顿了顿。"你知道，我从来都不想变得完整或完满。"

他边说边细看托尼的画像，仿佛它象征了他不能或不想获得的那种完整，因此反倒是个失败品。这种完整有悖于他自身人格持续的碎片化，或者变异。

"为什么呢？"我说。

"我一直觉得那就像是被吞噬了。"他说。

---

* 弗朗西斯科·戈雅（Francisco Goya，1746—1828），西班牙浪漫派画家，风格奇异多变，因其阴暗怪诞而闻名。

"可能是你在吞噬。"我说。

"我什么也没吞噬，"他平静地说，"只在这里那里咬了几口。不，我不想被完成。我更想试着甩掉追赶我的东西。我更想待在外面，像是夏夜里的孩子，谁喊也不进去。我不想进去。但这意味着我所有的回忆都在我之外。"

他接着谈起他母亲，说她在自己四十多岁时死了。他一直觉得她的外表很讨厌，他说——她生他的时候也四十岁了，他是第五个也是最后一个孩子。她胖而粗野，父亲则小而纤巧。他记得他感觉父母不怎么合适，似乎不太般配。他父亲临死前，L经常独自守在床边，并时常注意到父亲皮肤上有新的淤青和其他印记，因为没有别人来病房探访，只可能是母亲干的。他有时会想，父亲死去，会不会只是为了逃离她，但他无法相信父亲会想要留下他孤身一人。后来，他才意识到父亲从前多么努力让他远离母亲，这也是L开始画画的契机：每当父亲在算账或在庭院里干活时，L几乎总在他身边，他父亲想给他找点事做。

过去，他母亲总要他碰她：她抱怨他从不向她表达爱意。他觉察出她是想要他侍奉她。他对她怀有同情，至少是怜悯，但当她叫他为自己揉脚或捏肩的时候，她实实在在的肉体让他觉得恶心。通过这种方式，她向他揭露了她想要但没有人愿意给她的东西。他不作数——对她而言，他并不真正存在。

他记得这样的画面：还是小孩子的时候，他站在厨房的窗子前，拿一把大剪刀用旧报纸剪出纸链小人。他父亲在别处，母亲在灶台前做着什么。他一边剪，被遗弃的碎纸一边像雪一样落在地板上。他记得她的声音，叫他过去抱她。时不时地，她会这样呼唤他，仿佛她自身的孤独忽然变得难以忍受。当他将手牵手的纸链小人展开时，她奇怪地被这些小人打动，不断问他是怎么剪的。他那时意识到，他让她相信了他有某种力量，因为她不理解他。

"我记得我总害怕有一天她会吃了我，"他说，"所以我做各种各样的东西给她看，好转移她的注意力。"

他是通过观察动物和它们的解剖结构学会画画的。屠宰场给了他无尽的素材：死去的动物有一个好处，就是它们一动不动，给你充足的时间来画。他父亲认真看了他所有的画，给他建议。

"我经常觉得是父亲们成就画家，"他说，"而作家来自他们的母亲。"

我问他为什么这样想。

"母亲都是大骗子，"他说，"除了语言，她们一无所有。她们会用语言填饱你的肚子，如果你由着她们来的话。"

这些年来，他也有几次考虑过开始写作。他觉得或许能以此创造一种连贯性，写下他记得的事，把一切串联起来。但到头来，他意识到他对这一切的记忆是多么有限。又或许只是他不像他以为的那么喜欢回忆。杰弗斯，自从父亲去世，他离开家之后，他就再也没有见过任何家人。偶尔，他会被别的家庭随意收养一阵子。那些经历大致是好的，我想，这教会了他去重视选择和欲望，而不是逆来顺受。听他说着，我意识到这个人没有任何道德或责任感，并不是他有意决定要这样，更像是他缺失一种基本的观念。他没有关于义务的概念。这就是他最吸引我的一点，尽管这决定了他自己无法被吸引，尽管我很清楚这只会带来灾难。我想，是他让我意识到我多大程度上任由别人定义了我的人生。他这样的人是不是其实有一种更高的道德作用，让我们看清我们的臆断与信仰的本质？换句话说，艺术的目的是不是也延及作为生命体的艺术家？我认为是的，尽管传记式的解释中总有某种羞愧，仿佛在某种程度上，去创作者的生活和性格中寻找一件艺术品的意义是意志薄弱的体现。但或许这种羞愧不过是证明了一种更广泛的、充斥着否定与压抑的文化现状，艺术家本人时常禁不住诱惑，参与其中。我相信 L 设法规避了这种诱惑，他觉得不需要将他自己和他的创作分割开来，也不需要否认他的创作不过是个人愿景的产物。然而，他自己在那时显然遇到了一个无法跨越的障碍。如他所说，有那么一些事被他忽视了。但他如此不完整，又怎么才能找到它们呢？

"你为什么要扮女人玩？"他冷不丁地问我，露出略显愚蠢的笑容。

我并不反感这个问题本身，因为我感觉他说的没错。但我不喜欢他拿这件事来开玩笑。

"我不知道，"我说，"我不太知道怎么当一个女人。好像没有人教过我。"

"这和教不教没关系，"他说，"而是说，你要被允许。"

"我们第一次聊天的时候，你说你看不见我，"

我说，"所以可能是你不允许。"

"你总是勉强，"他说，"好像你觉得如果你不做点什么，什么都不会发生。"

"是的，什么都不会发生。"我说。

"没有人摧毁过你的意志。"他把目光从我身上移开，若有所思地环顾房间。"这都是谁买下的？"他问。

"房子和土地是托尼的。我有些自己的钱。"

"我想象不出你的小书能赚多少钱。"

杰弗斯，这是他第一次隐约提到我的作品——如果可以称之为作品的话。但在这之前，他一直拒绝对我有任何了解，就像拒绝承认我的存在，而我现在明白，这是因为他不喜欢被我的意志胁迫。然而，我相信他需要我的意志，需要借此来跨越他眼前的障碍，到另一边去。我们需要彼此！

"几年前，我拿到了一些钱，"我告诉他，"我的第一个丈夫，贾丝廷的父亲，转过一些股票到我名下，用来避税之类的。他忘了这回事。很多年过去，我们离了婚，这些股票的价格飞涨。他想让我签还给他，但律师告诉我我不需要这么做，这笔钱在法律上是我的。我就留着了。"

L 眼睛里的光又燃了起来。

"很大一笔钱吗？"他问。

"在正义的天平上，"我说，"基本和他欠我的对等。"

L 轻蔑地哼了一声。

"正义，"他说，"好古怪的概念。"

我告诉他，比起扯平，那更像是一种结束，一场令人筋疲力尽的赛跑的结束。他口中的我的"小书"确实没赚什么钱，部分因为它们很少出现在我面前：只有当生活呈现一种道德形态，并以这种形态把我彻彻底底瓦解之后，我才能通过文字获得同样的形态。在这些小书之间，我做过各种工作，靠神经紧张和肾上腺素活着。如今，我能想到的最大的恶习就是无所事事。

"我从没好好享乐过，"我和他说，"别的我有，但没有乐趣。可能像你说的，我总是勉强，而乐趣是勉强不来的。"

我话音刚落，他竟忽然跳了起来，像猫一样跳上了桌子，令我大为震惊！

"那我们来找点乐子？"他说。他像个面红耳赤的魔鬼一样嬉戏，而我目瞪口呆地坐着，看着他。

他一遍又一遍大叫我的名字，在桌子上跺脚。"我们来找点乐子吧，好吗？我们来找点乐子！"

杰弗斯，我真不记得那天我是怎么和他告别的，但我记得从林间空地走回去时，感觉像是胸上有一道伤口，又重又轻，新鲜却致命。我想起托尼说过的关于 L 的话。我想，为什么托尼似乎总是比其他人更了解事情的本质。

库尔特宣布他决定要成为一个作家。他想立马开始写一本书。他曾听某个作家说，用纸笔写作是最好的，因为手的肌肉动作有利于遣词造句。库尔特决定听从这个建议。他提出要下一个去镇上的人给他买几支笔和两大叠白纸。我说，他想的话可以用楼下那个小书房，因为那里很安静，也没有其他人要用。书房里有一张挺大的桌子，背对窗子——我说，我认为大多数作家都会同意，写作的时候最好什么都看不到。

　　作为他新职业的装束，库尔特选了一件长长的黑丝绒家居服，脑后卡一顶红色的苏格兰圆帽，最后画龙点睛地赤脚穿一双麻绳底帆布鞋。他踩着帆布鞋凝重地走去书房，胳膊下各夹一沓纸，家居服口袋里放着笔，关上了门。之后，我经过窗子时，注意到他把桌子移了个位，让它面对菜园和林间空地，于是他可以看到每个经过的人，也可以被他们看到。你出门的时候，他在窗边，回来的时候，他还在窗边。他带着一种十分悲哀的神情，望着远方。如果你碰巧和他对视，他会是一副不认识你的样子。我在想，与其说是想躲起来，他是不是其实有点想要引人注意，尤其是吸引贾丝廷的注意。与此同时，他又可以监视她，因为贾丝廷现在时常和布雷特待在户外。她们一起做各种各样的事：锻炼，画水彩，甚至是射箭。她们用的漂亮的旧木弓，似乎是布雷特在镇上的旧货店找到，之后又修理、打磨过的。由于天气一直温暖无风，她们基本都在户外的草地或林间空地的树荫里活动，而这一切都在库尔特恶意的注视下。她们有几次开托尼的船出海一整天，也邀请了库尔特一起去，可他仍旧待在他的窗前。他成了一个固定在画框里的圣像，责备我们所有人囿于琐事、浪费时间。

库尔特大多数时间都待在书房里，这基本是表示自己正忙于比修栅栏、剪草更高级的事，他对托尼的依赖很快消退了。现在他似乎把 L 看作他的天然盟友。有时，我会在傍晚看见他们在林间空地上走走谈谈，尽管我不知道这些谈话是如何发生、由谁发起的。我听到库尔特告诉贾丝廷他和 L 讨论了他们各自的手艺，这让我挺惊讶，因为和 L 简单直接地谈论任何话题都很难，更不用说谈他的创作了。库尔特不再跟随托尼，托尼却对此毫不在意：托尼受不了的是库尔特的无所事事。

在某种程度上，我欣赏库尔特的转变。贾丝廷已经变了，不再满足于扮演一个小妻子，库尔特随之的变化至少算是某种建设性的回应。谁知道呢，也许他在写的是一部杰作！贾丝廷讪讪地问我，我是不是真的这么认为。我告诉她，仅从表象很难判断。我说，一些最有意思的作家看上去就像银行经理，而最风趣的健谈者一旦细细解释他的趣闻，反而变得无聊。我说，有些人写作仅仅是因为不知道如何活在当下，于是需要在事后重建这些时刻，再活一遍。

"至少他坚持下来了。"我说。

"他已经用完一整沓纸了，"她说，"他让我再去镇上给他买一点。"

我担心贾丝廷的未来，不知为何，她近期的绽放和日益的独立扯动着我的心弦——这感觉几乎像是我可担心的事越少，我就越难过。她申请秋季在大学继续深造，被录取了。她没有说库尔特会不会和她一起去——这似乎不在她的考虑范围之内。

晚上，我在床上向托尼坦白这些心情，他说："她开始走出去了。"他指着黑暗的窗户，我明白他指的是外面的广阔天地。

"哦托尼，"我说，"难不成我想要她和库尔特结婚，然后卑躬屈膝地伺候他，被他拖累着度过余生！"

托尼说："你是想她平安无事。"他完全说对了：揭示了她真正的美与潜力之后，贾丝廷在某种程度上比之前更危险。我不忍设想这种揭示带来的希望与可能性，以及希望破灭会对她造成的影响。穿着哈伯德大妈连衣裙四处走动要安全得多，不会有任何风险！

"只要她有你的爱，她在外面就会更安全，"托尼说，依旧指着窗户，"你应该练习给她这种爱。"

他的意思是，把这份爱作为本属于她的东西交还给她，让她随意带走。可这份礼物的意义是什么？事实上，我质疑我的爱的价值——我不确定它能给人什么好处。我爱贾丝廷的方式，可以说是自我批判的。不知为何，我在努力让她远离我，而她需要的，似乎是带上我的一部分走！

思考过后，我意识到，我抚养女儿的主要原则，仅仅是不让她经历任何我经历过的事：他们对我做过什么，我就对贾丝廷做完全相反的事。我很擅长找到那些对立面，知道在哪里需要左转，而不是右转。我的道德指南时常带我经过童年的场景，如今，反方向审视这些场景，我感到彻彻底底地惊讶。但也有一些事没有真正意义上的对立面——它们需要凭空出现。杰弗斯，这或许是坦诚的局限所在：在这里，我们需要创造一些新事物，它们与过去存在的事物毫无联系，我和贾丝廷经常在这里挣扎。我觉得我缺乏的特质是权威，很难说权威的对立面到底是什么，因为几乎所有事都像是它的对立面。我经常在想权威来自哪里，它是否来源于知识或性格——换句话说，它能否被习得。人们看见权威，就能认出它，但他们大概还是不能完全理解权威的构成，或其运作方式。托尼之前说我低估了自己的力量，而他其实可能在说权威，以及权威在塑造和培养力量中起到的作用。只有暴君才会为了力量本身想要力量，而大多数人最接近暴政的机会就是为人父母。难道我是一个没有权威，却挥舞着不成形的力量的暴君吗？大多数时候，我的感觉有点像怯场，在我的想象中，一个没有经验的老师站在教室前看着一片期待的面孔时，大概也是这种感觉。贾丝廷从前经常那样看我，好像期待我给她一个对万事万物的解释，而事后，我感觉我的解释从没让她满意，或让我自己满意。

过去，当我试图和她有亲昵的肢体接触时，她会恼火地把我赶跑，像豪猪伸出它的刺。于是我养成了不经常碰她的习惯，以至于最终忘记了这种含蓄的行为是谁主导的。我决定还是从这方面下手，以肢体接触的方式，开始练习给出爱。和托尼谈话之后的第二天早上，在厨房里，我走向她，伸开双臂搂住她。有一阵子，我就像抱着一棵小树，小树不动也没有反应，但仍愿意被抱着——这感觉很好，但没有特定的结构或时间感。重要的是她似乎没有被吓到，并允许我这样抱着她很久，久到让我明白这是我有权做的事。当她决定结束这个拥抱时，她轻声笑了一下，退后一步说道：

"我们要不要养只狗？"

贾丝廷经常问为什么托尼和我不养只狗，因为我们的生活非常适合养狗，而且她知道托尼在认识我之前一直养。托尼放了一张他最喜欢的狗的照片在我们床边，一只棕色的西班牙猎犬，叫费奇。事实是，杰弗斯，我担心如果托尼养了狗，狗就会成为他关注的焦点，托尼会把本属于我的友谊和感情都给它。在某种意义上，我在与这只假想的宠物竞争，它的许多特点——忠诚，奉献，顺从——我想我都已经体现了。但我知道托尼确实很想要一只狗，而且无论他从我这里获得的是什么，他都不会在脑海里把这和养动物的回报与责任混为一谈。我觉得这意味着托尼并不完全相信我的忠诚或顺从，或许在某种程度上，他甚至觉得爱抚一只狗比爱抚一个成年女性更容易。我觉得一定是这样，除非托尼亲口告诉我他不再想要狗了。但他根本无意说这样的话——他只知道，或者说他只愿意承认：我不喜欢，因此对他来说这个话题已经结束了。

如果我是个心理学家，我会说这只不存在的狗象征了安全的概念，它在我与贾丝廷拥抱的场景里重现，似乎证明了这一假设。我提到这件事，是因为它表明了在"存在"与"成为"的问题上，一个客体可以任由矛盾的观点摆布而依旧保持原样。这只不存在的狗象征了信任人类、在人类中找到安全感的必要性：我更喜欢这样理解，但托尼和贾丝廷一嗅到这个主张就惊恐万分。然而，至少就我和托尼而言，这只不存在的狗是一个既定事实，我们也在这一点上达成一致，尽管我们对它的理解不同。这象征了我们之间，或者任何两个人之间禁止跨越的界线或分隔。对托尼这样的人来说，这很容易理解，但对于我，一个很难识别和遵守这种界线的人来说，则非常困难。我必须探寻到事情的真相，我必须挖呀挖，直到真相被痛苦地揭示——又一个狗一样的特质。相反，站在界线这一边的我不得不怀疑，我最爱的两个对象——托尼和贾丝廷——都暗自渴望爱他们的不是我，而是一个不会说话、不加批判的东西。

贾丝廷很喜欢音乐。晚上，我们围坐在火边时，她经常弹吉他唱歌给我们听。她的声音很甜美，唱歌时带着一种惆怅、透彻的神情，我一直觉得很动人。她在和布雷特练一首歌，还写了一个和声部分，她们决定某天晚饭后在房子里为我们表演。库尔特随后宣布他也想借此机会朗读他的手稿。托尼和我忙着收拾东西，摆椅子，准备酒水。我感觉L

可能会参加这个文化晚会，因此希望把房子布置得温馨一些，即使他关于我"扮女人玩"的评价还历历在耳。我开始明白 L 有一套办法让你看见自己，却对你所看到的束手无策。我一边做着准备，一边想象我是一个不一样的人：一个漫不经心而自私的人，并自信这个夜晚会因为这些品质大获成功。有时候，我多么希望自己就是那样一个人！

到了约定的时间，我透过窗子看见我猜对了，两个人影正穿过林间空地走来。布雷特穿着一件触目惊心的小裙子进门，一种衬裙或睡衣，露的比遮的要多，这种肉体的揭露瞬间让氛围变得尴尬，因为这似乎暗示了她和 L 之间发生的什么私密的事。布雷特的脸涨红，奇怪的信箱般的嘴幽暗地张着。她的表情里有一种野性，我开始感到紧张的社交气氛里我总会有的空白和恐惧。L 的眼睛里也有野性的光，这两个人时不时对视，继而笑起来。

我们围坐着聊了一会儿。我不知道我们都聊了些什么——那种情况下，我从来都不知道聊了什么。托尼不动声色地给大家调酒，一副没事人的样子。布雷特连着喝掉了两杯鸡尾酒，而这竟似乎让她清醒了一点。L 接过一杯酒，小心翼翼地放在一张边桌上，没有再看它一眼。我频频将目光投向贾丝廷，她坐在火边一张扶手椅上，吉他平放在膝盖上，脸上是深思的表情，即使布雷特不断在她身旁爆发出尖厉的大笑。在某个时刻，贾丝廷拿起吉他，开始轻轻地弹，继而对自己哼唱。L一如既往地坐在离我最远的位置，库尔特在他旁边。他们在聊天，或者说，L在说，库尔特在听：L转过头，正对着库尔特的耳朵说话，我想他不得不这样，因为他的声音如此模糊，而房间里有其他噪声。贾丝廷的演奏终于开始对布雷特、托尼和我产生一种镇静作用。当她用甜美的声音唱起歌，我们都安静下来听她唱。库尔特也转头看向贾丝廷，于是L需要换一下姿势才好继续对他的耳朵说话。过了一会儿，库尔特的目光从贾丝廷身上移开，转过身接着听L说话，但他还是时不时瞥向她，眼睛里有一种奇怪、冷漠的神色。我那时意识到，库尔特似乎开始两面效忠，而且我感到，L是罪魁祸首。

贾丝廷弹的是一首耳熟能详的歌，我们开始跟着唱，我们在这种时候经常这样合唱。这些时刻对我来说很可贵，杰弗斯，因为我内心深处一直觉得贾丝廷是在为我唱，唱的是从她出生起到现在，我们一同漫游时间的歌。而此时此刻，我前所未有地钦佩她，因为她似乎揭示了一种新的力量，把正当的秩序重新带回我们的情境。布雷特在她的衬裙外面披了一件外套，用一种沙哑悦耳的声音跟着唱，托尼用他有力低沉的声音敲击出和弦，而我尽我所能用我的歌声合上贾丝廷的。最后，就连库尔特也加入了，虽然可能是出于习惯。唯一没有唱的是L，而我绝不相信这是因为他不会唱歌或不知道这首歌。他不愿唱歌。他不愿意唱歌是因为其他人都在唱，而他的性子就是不会被人胁迫。换作别人，可能至少会努力让自己看上去沉醉于或享受这一刻，但L只是带着一种疲倦的神态坐在那里，好像在借此机会回顾他不得不忍受的种种令人生厌的事。他时不时抬头，对上我的眼睛，然后他的这种分离就变成我自己的。一种奇怪极了的抽离感，近乎不忠，涌上我的心头：哪怕在这种时候，当我正在做我最喜欢的事时，他也有能力让我陷入怀疑，并暴露我身上被隐藏起来的东西。这就好像，在那些时刻，他可怕的客观性变成我自己的，让我看见了事物本来的面貌。

不用说，杰弗斯，L的伟大之处部分来自他对所见之事的正确判断。让我困惑的是，在生活的层面上，这种正确竟会如此不和谐，如此残忍。或者说，L的画作里让人感到自由和获益的东西，在亲身体会或经历时竟极其令人不适。你感觉没有任何借口，任何解释，任何掩饰：L让人对一切充满可怕的怀疑，怀疑生活没有故事线，怀疑除了特定时刻的意义之外，不存在任何个人意义。一部分的我喜欢这种感觉，或者至少能理解并承认这是真的，就像人必须承认黑暗，承认它和光明一样真实。同样地，我理解，并承认了L。我一生中没有爱过多少人——在托尼之前，我没有真的爱过任何人。直到最近，我才开始学着以不同于普通母爱的方式爱贾丝廷，并看到她原本的样子。真爱是自由的产物，我不确定父母和孩子之间能否有那样的爱，除非他们决定作为成年人从头来过。杰弗斯，我爱托尼，我爱贾丝廷，我爱L，尽管我和他一起度过的时光往往苦涩而痛苦，因为他以他残忍的正确把我拉近了真相。

布雷特和贾丝廷十分可爱地唱了她们的歌，在我的请求下又唱了一遍。一曲结束，库尔特起身，穿着他的黑丝绒家居服，走到我们面前，站在火炉边开始朗读。他把一英寸*厚的一叠纸郑重地放在身旁的桌上，没有开场白就开始朗读，声音洪亮而忧郁。他从那叠纸上拿起一页又一页，把读完的面朝下放在另一边，直到我们意识到他一定是想全部读完！在此之前，我们这群着迷的观众坐着不动，也不说话——我不理解他怎么能在这么短的时间里产出这么多文字。这个故事发生在另一个世界，杰弗斯，在那里，龙和怪物和虚拟生物组成的军队无休止地战斗，还有像《旧约》一些部分里那样长长的名录，以及库尔特极为缓慢庄严地念出的一页页神谕般的对话。大约一个小时后，我有点回过神来，开始用余光打量四周。火灭了，托尼在他的椅子上睡着了，布雷特和贾丝廷坐着，表情呆滞，头靠在一起。只有 L 看起来在认真听：他一动不动地坐在椅子上，手交叉着放在膝上，头微微歪向一边。终于，将近两小时后，库尔特读完了一整叠，放下最后一页纸。我们振作起精神鼓掌，他双臂垂在身侧，头向后仰，长长地叹了一口气。

"目前就写到这里，"他喘了一口气，"你们怎

---

* 1 英寸约为 2.54 厘米。

么想？"

那时已经是凌晨一点了，不管我们中是不是有人有话要说，至少我不想再拖长这个夜晚了！出于礼貌，我想试着评论一下，但我不太记得他都读了些什么。我希望贾丝廷至少能做出点贡献，但她只是干坐着，任由布雷特的脑袋靠在她肩上，神情恍惚，仿佛无论她想说什么，都不是能大声说出口的。托尼睁开了眼睛，但仅此而已。L看上去挺镇定，在椅子上笔直而清醒地坐着，手指交叠着搁在下巴之下。沉默还在继续，我很确定这沉默就快要崩塌，而就在那时，L开口了。

"这也太长了。"他用一贯轻缓的声音说。

我猜库尔特根本没想过长度会是文学创作中需要考虑的问题——相反，他可能以为写得长，说明一切进展顺利！

"必须得这么长。"库尔特有些僵硬地说。

"但现在结束了，"L说，"所以为什么非要这么长？为什么要耗费时间？"

"故事就是这么发展的，"库尔特说，他看起来很困惑，"这还只是第一部分。"

L抬起眉毛，微微一笑。

"但我的时间属于我，"他说，"强迫别人忍受这种事之前，最好先想想清楚。"

说完，他平静地起身，和我们道晚安，然后消失在黑暗里！有一段时间，库尔特只是站在那儿，脸色惨白，大受打击。贾丝廷微微动身，开始给一些安慰性的评价，但他举起一只手让她不要再说了。他开始用可怕的眼光打量整个房间，好像房间里全是逼近他的敌军。接着，他抓起那捆纸，塞在胳膊下，也冲出房子跑进了黑暗！后来贾丝廷告诉我，实际上，库尔特的小说是他们几个月前读过的一本书的忠实拷贝：她相信他并不是故意的，当这些想法进入他的脑子时，他以为这都是他想出来的，而不是他想起来的。第二天，他没有再出现在书房的窗前，而是穿着平常的衣服出现在厨房里，和所有人都保持距离。我看到他孤独地在菜园里游荡，于是出去找他，因为我现在开始同情他，并在想我是不是本该多照顾他一些。杰弗斯，男人那种样子会让你感到多么愧疚！事实是，我脑子里另一个部分在考虑让他完全消失。我会把他带去火车站，给他买一张票，把他直接送回他完美家庭的怀抱：这种冲动和我内心的愧疚忧郁地面面相觑。

我找到库尔特时,他盘踞于穿过果园的小溪旁的一块岩石上,像一个大型花园侏儒。他说:"都是那个男人的错。"这让我很惊讶。我问他他说的是不是 L,他难过地点了点头。"他给了我各种奇怪的建议。"

"他都和你说了什么?"我问。

"他让我不要再这么——这么像一个屌头,"库尔特说,"他就用的这个词。我不知道什么意思,但我查了。他说如果我想要改善和贾丝廷的关系,我得找一个情人,而最好的情人就是工作。这都是因为我和他坦白我觉得贾丝廷不爱我了。"他说,"事情就是这么开始的。他说我应该试试写作,因为写作不花什么钱,也不需要什么才华。"

"他还说什么了?"

"他说我应该永远别让贾丝廷知道我在想什么。他说如果贾丝廷对我好,我也可以对她好。但如果她对我不好,我应该破坏她。他说我必须破坏她的意志,方法就是如果她期待我做什么,想要我做什么,我就对着干。他是个很坏的人,"库尔特睁大了眼睛恐惧地看着我,"他说他打算毁灭你。"

"毁灭我?"

"他是这么说的。但我不会让他毁灭你的！"

嗯，对于库尔特的情绪失控我不知道从何说起，只能说毁灭他人意志这个部分确实很耳熟。但事实上，杰弗斯，一部分的我想被毁灭，尽管我害怕整个现实都会随之坍塌，与他人他事共享的现实——包含了过去、未来所有行为与关系的整个网络，它塞满了时间肮脏流逝的证据，但不知为何总是无法捕捉活着的瞬间。我想要摆脱的是我自己身上一直有的那部分，我相信，就像L在我们第一次谈话中解释过的，这是我和L共鸣的本质。我相信，有一种更大的现实在我所知的现实之外，之后，或之下。我觉得似乎我只要突破到那里，就能结束一生的痛苦。我不再认为可以通过思考到达那里——精神分析师在街上落荒而逃的时候，把这个想法一并带走了。到达那里需要暴力，需要真真切切地摧毁患病的部分，就像身体有时需要手术来治愈。在我看来，这是自由不得已采取的形式，它的最终形式，因为别的尝试都失败了。我不知道我说的这种暴力是什么，该如何施行，我只知道L带来的威胁里，有什么许诺了它。

我问库尔特想不想回家一阵子，如果是的话，想不想我帮忙安排。

"我不能离开你,"库尔特说,"那太危险了。"

我向他保证我会平安无事,而且如有必要,有托尼保护我,但他坚持认为他必须留下来,防止我被毁灭。那天晚些时候,贾丝廷愤愤地找到我,问我为什么试图背着她把库尔特送回家。我试着为自己辩护,但这样那样地,我和贾丝廷正一起建造的小小的爱的建筑被推翻了,现在又要从头建起。

在我和托尼第一次见面之后，他几乎每天给我写信，写了一个多月，直到条件允许我再次回来见他，因为那时我住得很远。他的信让我很惊讶，那些信写得非常好，富有诗意。更让我惊讶的是信件到来得如此有规律，就好像他在稳稳地不断敲鼓。我们之间相隔数英里，都能听到鼓声回荡，直到我意识到这鼓声是在召唤我。托尼的信让我第一次体会到满足——我最隐秘的希冀和欲望，以及我感到的生命的可能性，都得到了满足。那些信息总是比我预想的还要快，还要多，还要长，还要美丽，从没让我失望。无论我曾想象会从托尼那里得到什么，我都没想到会是这条闪闪发光的文字河流，流过我，灌溉我，逐渐让我恢复生机。之后，我能够与他的沉默共生，是因为我知道那条河还在那里，并且只有我获许知道它的存在。

　　有 L 在的那些奇怪日子里，我经常回想托尼的信，以及我们的爱刚开始的时候。虽然不过短短几个月，那段时间是如此庞大明亮，就像一座立在城市中心、数英里之外都能看到的巨厦，让我几十年的生活都相形见绌。某种意义上，那段日子的丰饶使它完全脱离时间，我的意思是那座建筑依旧在那里：我可以去看它，在其中生活数小时。我可以这样做，部分因为它建立于语言的基础上。我现在在建造另一座建筑，杰弗斯，用我和 L 共度的时光来建，但我不太确定这会是一座什么样的建筑，也不确定我能不能再回来看它。到了某个生命节点，你会意识到时间不断前进这件事不再有趣——或者更准确地说，你意识到时间的前进性是生命幻觉的核心，当你等待着接下来会发生什么的时候，你所拥有的一切正在不断被剥夺。语言是唯一能停止时间流动的东西，因为语言存在于时间中，由时间构成，但它又是永恒的——或者，它可以是永恒的。一幅图像也是永恒的，但它和时间没有来往——它摒弃了时间，它必须这样做，因为，让图像的瞬间得以永恒的时间之账目，人又怎么可能在现实世界中审阅或理解呢？然而，图像的精神性召唤着我们，我们自己的视线也是如此，并承诺让我们摆脱自我的束缚。在和托尼一起的现实生活中，我再次感受到丰饶的诱惑，来自L——托尼的语言曾涌向我、涌入我，而L的呼唤则相反，那是来自某种神秘或虚无的懵懵懂懂的召唤。

随着日子一天天过去，那种召唤变得很微弱。我开始觉得我听不到它了，L对我而言再次变成一个陌生人，但就在那阵子，我去沼泽散步，出乎意料地撞见他。我去那里是为了到小溪边采一些可食的海洋植物的叶子，用来做晚饭——我一直很为这项工作自豪，杰弗斯，有时我感觉这是我做的唯一有意义的事——而L正绕过小路的一个弯道走过来。他穿得比平时更随意，阳光下，他的脸色红润，总的来说，他比平时看起来更像个人，而不是个魔鬼。他裤脚卷起，手里提着鞋，告诉我，潮水来临时他走到了一个沙洲，不得不涉水回来！

"然后，"他气喘吁吁，似乎觉得这一切都很令人激动，"我正往回走，听到有人开枪。我环顾了一会儿，但没看到任何人。枪声似乎是从不同的地方一下接一下响的。我当时想，我先是差点淹死，紧接着我要和一个枪手对峙，或者好几个。我应该把这事告诉谁吗？"

他正说着，一声巨响从他身后的地里升起，他畏缩了一下。

"又来了。"他说。

我告诉他，这不过是每年那个时候农民们会在田里放置的固定气枪，为了吓跑鸟类，保护庄稼。我已经习惯了这种声音，几乎不会被吓到。在那种迷迷糊糊的状态里，我可以对这个声音有各种想象。我告诉他，有时候我想象，那是恶人在一个接一个地轰掉自己的脑袋。

"哈，"他说，勉强地似笑非笑，"恶人才不会那样做。不管怎么说，你如果去了解那些恶人的话，或许还会喜欢他们。邪恶的东西从来不会死的，尤其不会死于悔恨。"

他的小腿上有一道道泥，一直到膝盖。我告诉他，他需要小心潮汐，如果不知道路在哪儿的话，会很危险。

"我只是想找到边缘，"他说，视线从我身上移开，转向地平线在雾霭中模糊不清的地方，"但边缘不存在。只有缓慢的弧度把人弄得筋疲力尽。

我想从那边看看这边是什么样子的。我走了很远，但那边不存在——它就好像溶解了，不是吗？这里根本没有分界线。"

我安静地等他说下去。过了很久，他接着说。

"你知道，很多人刚过中年都会有个坏主意。他们看见海市蜃楼一样的东西，于是进入另一个建造阶段，而实际上他们造的是死亡。到头来，这也许就是我身上发生的事。我刚才忽然看见了，就在那里，"他说，指着退去的潮汐遥远的蓝色形状，"那个死亡建筑的幻影。我多希望我以前就知道怎么溶解。不仅仅是溶解那条分界线——还有别的东西。我做了相反的事，因为我以为我应该去抵抗磨损。我越是努力去造一个建筑，就越是觉得周围的一切都变坏了。我以为我在造世界，只是造错了，而实际上我造的是自己的死亡。但不是非得死的。溶解看起来像是死亡，实则相反。我一开始不明白。"

杰弗斯，L说这些的时候，我感到一种平反的快感——我知道他会明白！那个早晨灰蒙蒙的，风很大，在那平凡、刺眼的光线下，沼泽看起来毫不神秘。不知为何，它看上去有点一板一眼，而正是这种一板一眼的实事求是让我欢欣鼓舞，因为这使我确信，L和我在看同样的东西。在特定的氛围、光线与天气里，我见过沼泽那么崇高的色调，以至于它已经从我身体里榨出所有情感，但沼泽颜色最平凡的时刻，就像这天早上，它的真实性不容置疑。就我所知，他直到那时都没有画过沼泽——但他确实说了，他画肖像画的阶段快要结束了。问题是，他说，这附近没有太多人，只有没时间给他当模特的劳动者。他不知道为什么他没有一开始就意识到这一点。他画过托尼、贾丝廷和库尔特，所以他已经差不多轮完了他的保留节目，除非他去镇上，再多绑架几个对象。

"我考虑过画已经不在这里的人，"他说，"一想到这个我就恶心。但如果我能克服这种恶心……"

我提醒他，这里还有一个人类对象他没有试着画过——我！他之前说他看不见我，却从没解释过为什么，而我心知肚明，他抓住任何机会和我保持身体上的距离。在浪漫故事里，一个人对另一个人的回避通常会被用作爱情情节中的一个技法，潜台词是某些人表现出蔑视，却暴露了他们的欲望。这些情节的作者多么无耻地利用了希冀与悲伤并存的幻想！我并没有欺骗自己，我不认为 L 是在压抑他对我的好感，但我确实觉得我对他造成的障碍挺奇怪的。我几乎有点好奇，如果移开这个障碍，是不是有助于他前进，因此我毫无愧色地向他提议把我也放进画框，就像他对托尼做的那样。库尔特那天在菜园提到，L 有毁灭我的念头，这进一步加深了我的这种印象。他为什么不能直接告诉我，为什么他觉得我应该被毁灭？

他没有立刻回答，而是紧紧抱着手臂站了一会儿，脸转向风，转向平而硬的光，仿佛他觉得这种不适有抚慰作用。末了，他说，画人，既是审视，又是偶像崇拜——至少对他而言——需要不计一切代价维持冷漠的分离。因此，画自己孩子的艺术家总是尤其让他不安。当人们坠入爱情，他说，他们体会到的这种冷漠最令人震颤，他们着迷于一个对象，而这个对象仍旧可以被视作独立于自身的个体。所爱之人变得越熟悉，这种震颤就越少。换句话说，崇拜先于了解。在生活中，这意味着最初你会完全丧失或抛弃客观性，随后，真相揭露时，则获得大剂量的现实。肖像画更像是一种乱性，他说，冷漠和欲望时刻并存，而且画肖像画需要一种铁石心肠，因此他觉得这是他目前的正确方向。无论他年轻时多么拈花惹絮，也只是在欺骗自己，因为心随年纪增长而变硬，完全是另一量级的事。如今吸引他的特质是不可得，一些人深刻的、在道德意义上的不可得，以至于去拥有他们实际上是去把他们偷过来，并且去侵犯——或至少体验——他们的不可触碰。这些日子里，他很容易感到恶心，恶心灌满了他，因此他很容易就满溢出来。他有时想，小时候，自己年复一年把恶心深藏，那笔账是不是到现在才终于递到他面前。不论是什么原因，他说，每当他因为人类亲近的恶臭而感到不适时，那种不可触碰就是一剂解药。

他说话的时候，一种感情在我内心滋长，那是最卑微的被拒绝、被遗弃的感觉，因为我明白他的言下之意：我被榨干的女性身体让他恶心，是因为这样他才和我保持距离，甚至到了无法坐在我旁边的程度！

"你听了可能会惊讶，但我也在想办法溶解。"我愤慨地对他说，同时泪水盈眶。"所以我才想你来这里。你不是唯一有这种感觉的人。你不能因为看见我恶心，就把我抹去——我和其他人一样无法触碰！我存在不是为了被你看见，"我说，"所以不要骗自己了，因为我才是在尝试摆脱你的眼光。如果你能看到我真实的样子，你会觉得好受些的，但你看不到。你的目光是一种谋杀，我不会再让自己被谋杀了。"

然后我捂着脸哭了起来！

嗯，我那天早上才明白，不管一个艺术家让自己在做人方面变得多么邪恶可怕，在他内心深处仍有一个部分尚有怜悯的能力——更准确地说，如果这个部分没了，他的艺术也会消失。对一个人最大的考验就是考验他的同情心。对吗，杰弗斯？不论如何，那天早上 L 对我很温柔，甚至搂着我让我在他胸口哭。与此同时，他抚摸着我的头发，说：

"好了，好了，亲爱的，别哭了。"他的声音很柔和，这让我哭得更厉害了。

和他如此靠近让我十分不安，因为不知为何，我们彼此触碰似乎成了一种禁忌，即使是偶然的。我不太喜欢被他碰。我试图压抑下去的关于恶心的话题再次浮现，不过这回，感觉好像是他让我觉得恶心。可能是因为 L 只有一种——谁知道，也许所有男人都只有一种——触碰女人的方式，一旦进入这个模式，他们会不假思索地启动下意识的动作。我不想要那种机械的、陈旧的触碰。我尽快脱身，在草地上坐下，把头搁在膝盖上，又哭了一会儿。过了一阵子，L在我身边坐下。沉默中，沼泽舒缓的景色与声音、布满蝴蝶的摇动着的草、海水遥远的飒飒声、拖曳着缎带的鸟鸣，以及鹅和海鸥的叫声，都清晰了起来。

"坐着看这个温柔的世界真好，"L说，"我们把自己累坏了。"

我坐着，开始向他描述，我如何在许多年前一个阳光灿烂的巴黎早晨，偶然走进了挂满他画作的展厅，以及我当时的感受：那些图像唤起了一种亲情，仿佛我突然找到了自己真正的根源。在那之前，我都觉得自己怀着一个秘密，而那些画让我觉得这不再是我一个人的秘密。我告诉他，他的作品里承认了这个秘密，因而转变了我的人生方向，因为我忽然觉得，我的秘密比掩盖它的东西更强烈。但这种转变比我预想的更费力、更猛烈，有时，我看起来就像是走上了通往灾难的道路。我不理解的是，为什么简简单单地揭示个人真相可以带来这么多痛苦和残忍。毕竟，从道德意义上讲，想要真实地生活，怎么说也应该是无可厚非的。

我说，从那以后我明白，我太天真了。我以为，即使我的改变直接影响他人的利益，他们也会允许我改变。我的一生似乎建立在爱和自由选择之上，但那是表象，表象之下，隐藏着最怯懦的自私，这让我大为震惊。我说，有些人，如果你冒犯了他们，或拿走他们想要的，他们会对你为所欲为。而你一度喜欢他们，或选择与他们为伍，是生命中最大的谜团和悲剧。然而，我说，这只不过反映了构成你人性的基本条件和物质——自私和欺瞒试图在你身上自我繁殖，好继续在世上兴盛。要想抵抗，我说，还不如疯掉。

"那你疯掉了吗？" L 问。

"我没疯，"我说，"但我想，未来某天，还是有可能的。"

我告诉他，我多么自然而然地相信——或者说以为——贾丝廷的父亲是一个好人，至少是个正派的人。杰弗斯，见到一个符合我们所谓"正常"的概念的男人，我们多容易这样相信！换作一个女人，我不认为我们会因此信任她，除非我们认为她是恭顺的。然而，在我从巴黎回来，并宣布我想要做一些改变后不到一个月，我失去了我的家、我的钱、我的朋友，而即使到那时，我都没料到之后会失去更多。贾丝廷那时候四岁，已经可以表达自己的想法。有一天，贾丝廷在她父亲家——现在那是他自己的家了，他打电话告诉我，贾丝廷不想我去接她，虽然我们已经说好了。他甚至让她接电话，让我可以亲耳听到她这么说。杰弗斯，一年后我才接回她，那一年里我经常跑去她学校门口，像幽灵一样躲着，希望能看她一眼。直到有一天，他和她手拉手走出来，他恰好看见了我，然后指着我对她说——

"那个可怕的女人又来了——跑啊，贾丝廷，快跑！"

然后他们两个就沿街跑掉了！就是那时，我想让自己死，但我死不了——凡是做母亲的都死不了，真的，除非死于意外。之后，我才发现那段时间里他一直对她疏忽大意，经常让她好几个小时一个人待着，仿佛他扣留下我的这一部分，就是为了展现对她的残忍和漠不关心。这是我的悲哀，杰弗斯，而我坐在沼泽上，一边把这悲哀递给 L，一边还断断续续地哭着。我想让 L 明白，他如此反对我的意志，可已有人无数次想要毁灭它，它依旧安然无恙，我和我的孩子存活至今都归功于它。我的意志也同样给我带来灾难，让我失去一切——但是，比起苟活于恨伪装成爱横行霸道的地方，失去一切又算什么！如果我失去自己的意志，也就会失去我对生活的把握——我就会疯掉——我告诉L，我很确定，某天，我的意志力或许自己就断了，但我怀疑一个女人的疯癫恰恰象征着男性秘密最后的庇护所，在那里，他可以毁灭她，而不暴露自己。我说，我目前没有被那样毁灭的打算——只要贾丝廷能理解我，我宁可自我毁灭。而与其被毁灭，我想要的是L认可我在巴黎那天感到的似曾相识——我想被他认可，因为，虽然我感激托尼与贾丝廷，感激我在沼泽的生活，但我的个性需要被认可，它如此折磨了我一生。

"好吧，"沉默许久后，他轻声说，"晚一点过来，让我看看你。穿点合身的。"他补充道。

杰弗斯，于是我抓起我的那袋海叶，跳了起来，在一种纯粹的喜悦中跑回房子——我瞬间感到如此轻盈、无拘无束，仿佛可以就这样飞向太阳！一切都似乎变了：白昼，风景，我身在其中的意义，好像都被从里到外翻了个面。我像一个久病之后，第一次毫无痛苦行走的人。我跑上草坪，经过花床，就在绕过拐角跑向房子的时候，撞上了托尼。

"今天是不是很好？"我和他说，"是不是一切都好极了？"

他给了我一个冗长的眼神，目光如炬。

"你看起来需要躺一会儿。"他说。

"但托尼，不要开玩笑了——我可精神了！"我喊道，"我感觉我可以盖一座房子，或者砍掉一整片森林，或者——"

我再也静不下来，于是我跑进房子，穿过厨房。贾丝廷和库尔特正安静地站在厨房料理台前，剥刚从菜园里拿进来的一堆豌豆。

"外面是不是很美？"我说，"我今天感觉好有活力！"

他俩都抬起了头，无言地盯着我。我把装着叶子的袋子搁在台面上，跑上楼梯，进了我的房间。我关上门，倒在床上。为什么没有人想我快乐呢？为什么我一表现出兴高采烈，他们都如此非难？这些想法让我有点泄气。我坐在床上，回想和 L 的对话，又想到他的关注带给我的感觉，那是一种金灿灿的健康的感觉。哦，为什么活着如此痛苦，为什么我们要有这些健康的时刻，难道只是为了意识到我们其他时候背负的痛苦？为什么会这么难？为什么日复一日地和他人一起生活，同时依然记得你独立于他们，记得你只能活这么一次，会这么难呢？

到头来，我发现托尼是对的，我确实需要安静地躺下来。我躺着呼吸，细细品味那奇妙的轻盈感，仿佛身体里取出了一个巨大的恶性肿块。说到底，那个肿块曾经的存在，和它的移除，都与别人无关——关键是，我必须学会更多地活在自己身体里。在我看来，其他人都在他们的身体里活得很开心。只有我像游魂一样飘来飘去，被赶出自己的家，遭受别人每一个字、每一点情绪、每一次心血来潮的打击！杰弗斯，我似乎觉得，我的敏感忽然间成了最可怕的诅咒。在百万个无意义的细节中搜刮真相，而实际上真相只有一个，并且无法被描述。文字逃离之后，只剩下这种空缺或轻盈，我躺在床上感受它，试着不去多想真相究竟是什么，应该怎样描述。

但我们活在时间中——我们对此无能为力！最后，我不得不起身下楼，我还要做那些平常的琐事，和其他人一起生活，还必须进行那些自我表演。

这样那样地，到了下午晚些时候，我才终于有机会考虑去第二处赴L的约。在那些时间和那些琐事中，我感觉自己发生了一种巨大变化，而我多么希望其他人也会注意到。想到L会看着我，我也开始看自己，而因为我可以看见自己，我期待其他人也可以看见我！但他们一如往常，就连托尼也是。我抽身去楼上换衣服时，一切都那么正常，以至于我依旧深信我做的事也很正常。

我打开衣橱，一想到可能会找到我想要的东西，我忽然良心难安，虽然我很确定我想要的东西不在那儿。我说过的，杰弗斯，在某个节点，我已经放弃学习服饰的语言，如果有人给我一件制服，我会很乐意每天穿着它。我倒是设计了一种自己的制服：我所有衣服或多或少都是一样的，但没有一件符合L的描述——"穿点合身的"。我正无望地在衣橱里翻找，忽然想起在我来沼泽之前，我的衣服曾经更合身，而我最后一次穿合身的衣服大概是我和托尼结婚那天！想到这里，我忽然感到悲伤，内心深处有一种糟糕的分崩离析的感觉。难道托尼不把我看作一个女人，一个有女性身体的女人吗？这些天我穿着不成形的衣服走来走去，是不是一种对性和美的放弃？我突然怀着一种本能的确信抓了抓橱柜最深处，发现自己拽出了结婚那天穿的裙子，我完全忘了它在那儿。那是一条美丽、简单、贴身的裙子，拿在手里我就知道，就是它了。同时，我被一波又一波矛盾的情绪困扰，主要是一种无名的伤感，为那时的托尼和我伤感，仿佛他们已经不存在了。

我鼓起勇气穿上裙子。托尼走进房间的时候，我正对着镜子整理头发。托尼很少激动或心烦意乱，这次也一样。我想过，他会不会因为看见这条裙子而被深深打动，以至于没有注意到我不是为他而穿，但他只是略抬起头，看了我一会儿，然后说：

"你穿着你的裙子。"

"L终于说要画我了，"我对他说，一边颤抖一边努力不让他注意到，"他让我穿点合身的，这件是我唯一能想到的！"

我决定最好就说这么多，尽管一部分的我渴望得到托尼的赞赏，渴望和他坐下来谈一谈从前的我们，谈一谈那两个人是否还存在。相反，当托尼还在消化我给他的信息时，我从他身边溜过，飞快地穿过门下了楼梯。这天下午变得有些阴沉，而现在，傍晚时分，林间空地笼罩着一片阴霾。我在想，光线不好会不会影响我给 L 当模特，他会不会取消，以及他会不会真的在那儿，因为仔细想想，我们没有约定具体的时间。我出了房子，沿着通往树林的小路匆匆而上，看见第二处所有的灯都亮着，在远处形成一个巨大的发光体。我感受着裸露的肩膀和手臂上的空气，以及头发垂在光着的背上的感觉，这让我不太习惯。当我加快脚步走向林间空地和那块遥远的光时，一种年轻而自由的感觉向我涌来。就在那时，我听到身后开窗的咔嗒咔嗒声，我停下脚步，转过头向上看。托尼就在那儿，站在我们卧室开着的窗前，从高处俯视我。我们的目光相遇，他向我伸出一只可怕的手臂，怒吼道：

"回来！"

一瞬间，我僵在原地，抬头与托尼对视。接着我转身跑进了树林，像一条丧家犬一样鬼鬼祟祟，满脸羞愧。我迅速穿过林间空地，跑向亮着的窗户。L 和布雷特拿掉了窗帘，于是我离得越近，就越能看清屋里的细节。我首先看到家具都被推到一边，靠在橱柜和架子上，接着，我看到两个人影，L 和布雷特，在房间里以一种怪异的方式移动着，起初我以为他们在跳舞。然而很快，再靠近一点，我意识到他们在画画——而且，就画在第二处的墙上！

他们都穿得很少，L没穿上衣，赤裸的胸上沾满星星点点的颜料，布雷特穿着吊带背心和三角裤，系着头巾。我看着他们，L以一种野蛮的动作用手背擦了擦鼻子，在脸上也留下一道很长的颜料。布雷特指着那道颜料，笑得前仰后合。他们拿来了棚子里的小梯子，踩着它够到墙的最高处。一半墙面已经被光怪陆离的漩涡覆盖，并不断扩大。我驻足，定在原地，不得不透过玻璃看到这一切。我看到花草树木的形状，树木有扭曲的肠子一样巨大的根，花朵肉质糜烂，有阴茎一样的粉色大雄蕊。我还看到形状颜色都很可怖的奇怪鸟兽。然后，在这一切的正中央，一个女人和一个男人站在一棵树旁，树上结着刺眼的红色果子，像无数张开的嘴，树干上盘着一条肥大的蛇。杰弗斯，那是一个伊甸园，但那是一个地狱般的伊甸园！我走近窗子——我能听到刺耳的音乐，和在此之上他们的声音，听上去像是咆哮、尖叫和阵阵锐利的笑声——而他俩在屋子里，像被恶魔的力量附身那样移动着，在墙上泼溅、涂抹颜料。他们在画夏娃的形象，我听到L说：

"我们给她画个胡子吧。阉割人 * 的婊子！"同时，布雷特尖声大笑。"一切麻烦的源头。"L说，一边用浓厚的黑色笔触涂抹夏娃的上唇。

"再给她添一个肥肥的小肚子，"布雷特叫道，"一个中年女士不孕的肚子！她全身都很瘦，但那个肚子出卖了她，婊子。"

"又大又浓的胡子，"L说，"好让我们知道谁说了算。我们知道谁说了算，不是吗？不是吗？"

他们两个嚎叫起来，而我穿着我的婚裙站在窗外的林间空地。夜幕降临，我颤抖着，连脚底都在颤抖。他们说的是我，他们画的是我——我是夏娃！一种可怕的黑暗涌入我的脑海，因此有一阵子我看不见，无法思考，动弹不得。接着，一个念头闪过，那就是我需要回到托尼身边去。我转身跑下树林间的小路，刚靠近房子，就看见房子前的车道上亮起两盏红灯。它们亮了一分钟，然后开始在引擎的声音中后退。我意识到那是我们的卡车，托尼在车里，并且正在开走！我跑上车道，站在那里喊他的名字，但光消失在拐角，我明白他已经离开我，走了，我不知道他还会不会回来。

---

* 弗洛伊德的精神分析理论中，"阉割焦虑"指人类（尤其是男人）对被阉割的可能性的恐惧。

就在第二天，富有象征意义地，好天气结束了，开始下雨。我坐着看窗外坠落的水，不说一句话，不动一下。某一瞬间，我听到房子前有车的声音，我冲到外面，以为是托尼回来了，但只是男人们中的一个，他开过来告诉我，托尼让他借我一辆车，因为他把卡车开走了。走了！我回去坐着，继续看着窗外。在好几个星期的温暖和阳光之后，这落下的雨水多么悲伤。我想到托尼的灌溉系统，以及他如何日复一日维持所有事物的生命，而我们其他人都在好天气里欢欣鼓舞。我哭了起来，与此同时，我重新意识到托尼多负责任、多好，而我们其他人多么轻浮而自私。有时，贾丝廷会过来坐在我身边，和我一起看窗外落下的雨，我看得出，托尼走了，她几乎和我一样难过。她问我知不知道他什么时候回来，我说我不知道。天黑以后，我上楼，躺在我们的床上，试着和托尼说话。我在黑暗中全神贯注地在心里和他说话，希望无论他身在何处，都可以听到。

第二天，又来了两个男人，来做托尼平时做的户外杂活，以及田地里要做的事。我仍旧一动不动地安静坐着，在心里和托尼说话，前一天我就这样说了一整晚。我丝毫没有怀疑过他的忠诚，或者他这样做的理由——我怀疑的是我自己，以及我能不能再让他相信，我还是他从前认识的那个人。杰弗斯，问题在于，像托尼和我这样迥异的两个人，我们之间几乎需要一种翻译，在危机时期，有些事很容易翻译错。我们怎么能确定我们真的理解对方？我们怎么知道我们看见的、回应的是同一件事？我们尝试协调我们之间的不同，第二处就是其中一个例子，因为我们都意识到，在我们这样的婚姻中，你不可能只从同一个地方寻求养分。这种状况里有一种自由，但一旦你怀疑这是否象征着维系你们的纽带有某种局限性，也会有一种悲伤袭来。

对我而言，托尼的不同是一种挑战，我需要控制自己的意志，而我的意志总是竭尽全力让一切如我所愿、被我认可，让一切符合我的想法。如果托尼符合我的想法，他就不再是托尼了！我不知道我在什么方面对他构成了相似的挑战，这也不是我应该知道的。但我记得，在我们开始造第二处，并开始这么叫它，而且知道再多叫一阵子，这个名字就不会变了的时候，我和他说，"第二处"很好地概括了我对自己和我生活的感受——近距离脱靶，这需要和胜利一样多的努力，而胜利一直以某种方式拒绝我，用一种我只能称其为优越感的力量。我永远赢不了，似乎是出于某些无懈可击的命运法则，我是无力挑战的——因为我是女人。我应该从一开始就接受这件事，省一点力气！托尼听我说完，我看得出他有点惊讶，他也在思索他为什么惊讶。过了很久，他说：

"我觉得不是那个意思。'第二处'说的是平行世界，另一种现实。"

嗯，杰弗斯，我和托尼就是这么矛盾，这件事太能说明问题了，而我由衷地暗自发笑。

我记得，我们结婚的时候，牧师私下里问我，我想不想从结婚誓词里删掉服从这个词——如今很多女人都想拿掉这个词，他说，同时似乎眨了眨眼睛。我说不，我想留着，因为我觉得爱一个人就是要随时准备好服从，甚至是服从最小的孩子。不承诺让步或默许的爱，要么是不完整的，要么是专横的。我们中大多数人，对于对我们颐指气使却完全无足轻重的事，都很乐意不假思索地服从！我承诺会服从托尼，他承诺会服从我。当我坐在窗前看雨落，我在想，不知道这个誓言——就像别的一些誓言——是不是一旦打破就完全无法兑现了。在心里，我要求他服从我，回到家里来。提出这个要求几乎让我觉得自己很强大，因为我这样要求，就不得不去理解那天晚上我离开他跑向林间空地时，他作何感受。换句话说，提出这个要求的我比那时的我懂得更多，这感觉像是一种权威，而我希望他能听见，并承认我的权威。

雨下了整整五天，土地变得更黑，草变得更绿，树木低着头弯着枝条畅饮。檐槽里的水再次滴进水桶，各处都能听见水滴落下时不间断的滴滴答答声。沼泽在远处郁郁寡欢，披着一层云雾，虽然有时，一道冷白色的光会出现，冰凉地燃烧。那乳白色的形状，那么远、那么幽冷地亮着，是多么神秘的景象。这光似乎不是太阳散发出来的，它有一种严寒的神性，而被太阳点亮的东西是没有的。我基本都待在房间里，只会见贾丝廷，她有时会过来，和我一起坐一会儿。她问我，我觉得托尼离开是不是因为 L。

"他离开是因为我让他难堪了，"我说，"L 只是碰巧成了导火索。"

"布雷特也想走。"贾丝廷告诉我。"她说 L 对她影响很坏。她说他吃太多药物，有时候她和他一起吃，也影响了她。我不知道她怎么受得了这些，"贾丝廷颤抖着说，"他那么老，干巴巴的。他什么也给不了她。他只是一个吸走她青春的吸血鬼。"

杰弗斯，听到她这样描述 L，我心里很不好受——仿佛他的在场是很肮脏的事，而我是这种肮脏的罪魁祸首，还牵扯了我们所有人。我当下就决定要叫他走。这个决定里有一种很小家子气的东西，让我立马就因此讨厌自己。这会让我低 L 一等，比他卑劣的行为更糟糕，我完全可以想象他当着我的面嘲笑我。他当然可以拒绝，那么我就不得不强迫他走，哪怕强行把他架走——是啊，这种决定就是会让你沦落至此！

我问贾丝廷她有没有去过第二处，有没有看到他们都做了些什么。她歉疚地看着我。

"你很生气吗？"她说，"不是布雷特的错，不全是。"

我说我没有特别生气——更多的是震惊，而震惊有时候是必要的，不然我们就会陷入混乱。确实，我对第二处的理解被 L 可怕的壁画无可挽回地改变了，即使所有颜料的痕迹都被埋在一层又一层的石灰之下，也回不到从前的样子。让它重回原样是世界上最容易的事，但某种意义上那个过程是在造假，是实行一种遗忘——一种对于真实记忆的背叛。我们或许就是这样，通过我们无休止的刻意遗忘的习惯，在自己的生活里变得虚假。我想到托尼该有多讨厌那幅壁画，尤其是正中间缠在树上的蛇——蛇是托尼唯一害怕的东西。这条画出来的蛇忽然像是 L 对托尼的攻击，并试图打败他。托尼被打败了吗？所以他才走的吗？我想起 L 站在那儿抚摸我的头发，我当时正悲伤地大哭，而他说着"好了，好了"。这段记忆动摇了我，有一刻我不再在心里和托尼说话。那一刻，我忽然不确定，托尼有没有抚摸过我的头发并说"好了，好了"，也不确定他有没有办法、有没有可能做这样的事，而这在那时似乎是我想要一个男人为我做的唯一的事。换句话说，这不是 L 对托尼的攻击——而是我对托尼的攻击。L 创造了条件，让我开始怀疑托尼、攻击托尼！

"哦托尼，"我在心里对他说，"告诉我什么才是真的！我是不是不应该想要你给不了我的东西？我相信我们在一起是对的，是不是一种自我欺骗，只是因为这样更容易、更好？"

杰弗斯，我第一次觉得，可能艺术——不只是 L 的艺术，而是艺术的整个概念——本身就是一条蛇，对我们耳语，逐渐损耗我们的满足感和我们对这世间事物的信念，让我们相信我们身体里有一些更优越的东西，是眼前的东西永远比不上的。艺术的距离忽然就像是我身体里的距离，这世上与真爱和归属感最冷酷、最孤独的距离。托尼不相信艺术——他相信人，相信人的善与恶，他还相信自然。他相信我，而我相信我身体里，以及万事万物之中这地狱般的距离，相信事物的本质会从中发生改变。

在他走的前几天，托尼和我讲了他和 L 在林间空地的一次奇怪偶遇。托尼刚在那里射杀了一头鹿，因为许多鹿会闯进来啃树皮，树最后会因此而死。托尼成功地扑杀了这头鹿，十分高兴，打算把它剥皮做给我们吃。托尼扛着死鹿走过林间空地，就在那时在小路上遇见了L。L完全没有祝贺托尼捕到了猎物，反而十分生气，尽管托尼已经给他解释了杀鹿的原因。

"我不允许我周围有任何杀戮。"据说，L是这么说的。L还说，就他看来，树完全可以保护自己。

L似乎没有意识到这块地是托尼的，托尼可以想做什么就做什么。我觉得L没有这种意识，是因为L所理解的资产，是一套附在他身上、不可剥夺的权利。他的资产是他人格的影响范围，是他周遭的一切，无论他碰巧在哪里。他在维护自己的权利，不能随随便便什么人都可以自由闯入，在他耳边放枪——至少这是我的推测。而我和托尼说的是，也许是因为L在屠宰场长大，因此厌恶动物的死亡。

"可能吧，"托尼说，"他只说我做的事比鹿做的事还要坏，但我不这么认为。有一些东西是我们必须可以杀的。"

坐在床上，盯着雨，我又想到这件事。我想的是，托尼和L都是对的，但托尼对的方式更悲伤、更艰难，也更永恒。托尼接受现实，并把自己在现实中的位置视为责任；L拒绝现实，总想逃离现实的束缚，这意味着他认为自己对一切都没有责任。而我想要被安抚，想要发生过的坏事都被弥补，这种心情介于两者之间，这就是为什么我离开托尼身边，跑向了林间空地。

第五天晚上，我的房门开了，托尼站在门口，千真万确！我们看着彼此，都记起我们上一次这样看着彼此是什么场景，那时托尼站在窗口，我站在下方的树林里。我看出我们都明白，在那一刻，我们损耗了自己的一部分，再也无法补全，以及此后，我们要以这种更谦卑、更枯竭的状态走下去。

"你听见我了吗？"我屏住呼吸说。

他缓慢地点了点他的大脑袋，接着张开双臂。我扑进他的怀抱。

"请原谅我！"我说，"我知道我做错了。我保证不会再让你离开了！"

"我原谅你了，"他说，"我知道你只是犯了个错误。"

"你都在哪儿？"我说，"你去了哪里？"

"去了北丘的小木屋。"他说，而我伤心地低下头，因为北丘的小木屋是全世界我最喜欢的地方，也是我们刚相爱时托尼带我去的地方。

"哦，"我说，"那里很不错吧？"

托尼沉默了，于是我想，我永远不会知道没有我的北丘是不是依旧美丽。确实，我不应该知道，因为我伤害了托尼，没有必要假装我没有伤害他，也没有必要希望，对他而言，一切都因此毁了。但紧接着，他说了一句本该是显而易见的话：

"我回来了。"

嗯，我们很开心，然后我们下了楼，又开心了一会儿。贾丝廷给我们做了晚饭，就连库尔特也因为托尼回家而活跃了起来。北丘距离沼泽有四五个小时车程，多是泥泞的小路，已经挺晚了，我知道托尼一定累了，所以当敲门声响起时，我让他去睡觉，自己去开门。门口，布雷特站在黑暗里，没穿外套，颤抖着，眼神狂野。我问她怎么回事，她开口时，颤抖得那么厉害，我都可以听到牙齿打战的声音从她伤口一样的嘴唇里漏出来。她告诉我 L 死了，可能是死了，她不确定——他躺在卧室地板上，一动不动，她太害怕了，不敢走近看。

我们全都冒雨冲去第二处，发现 L 确实像布雷特说的那样躺着，只是他现在开始大声呻吟，说明他至少还活着，虽然那是我听过最奇怪、最可怕的非人类的声音。于是，长途跋涉之后，托尼又回到他的卡车上，开了两个小时去医院。L被我们安置在后座，裹在垫子和毯子里，布雷特坐在前面。托尼黎明才回来，带回了布雷特，但没带回L，医生说他中风了。

医生让他在医院待了两周。之后，托尼和我开车去接他。他很瘦弱，虽然还能走路，但他在那两周里似乎变成了一个老人——他完全被压垮了，杰弗斯，并且走路的步伐不太稳，他弯着的腿和驼着的肩膀让他看起来很怯懦，好像被冻结在畏缩的动作里。但最令人震惊的是他的眼睛。曾经，它们像灯一样明亮，似乎目光所及都投下启示。如今，他的眼睛焦黑，像两间被炸毁的房间，里边的光熄灭了，被一种恐怖的黑暗填满。医生和我们讲他的情况时，L保持异常的警觉，好像他在听，但不是在听医生说话。即使在他又能自如说话和走动之后，这种超脱尘世的专注——他令人毛骨悚然的眼睛似乎什么也没看——依旧是他新的自我的一大特征。实际上，他的身体恢复得非常快，只是他的右手再也无法完全恢复正常。它巨大而红肿，像充了血，骇人而呆滞地挂在他瘦瘦的胳膊上。

那段时间，我们谈了很多——托尼、贾丝廷、布雷特和我——关于会发生什么，应该发生什么，以及何时、如何发生。最初的夏日到来，饱满而温暖，宽厚仁爱的微风一个劲地从沼泽吹来，但我们几乎没注意到。我们是一家子焦虑的大臣，为飞来的横祸绞尽脑汁。无数电话要打，无数询问和实际调查要做，还有很多进行到深夜的讨论，但最终结果是，L还是待在他原来的地方——第二处，因为他没有其他地方可去。他没有家，没有家人，也没什么钱。尽管当时旅行已经容易一些了，但L的朋友和同僚中没有愿意为他负责的。杰弗斯，你知道那个世界有多薄情，所以我无须多说了。到头来，只剩下布雷特和我，虽然我承认这些事发生在我的土地上，并且L是在我的主持下才来到这里，但布雷特看不出她对这个情况有什么特殊责任：对她来说，这只不过是一场跑偏了的华丽冒险。她和L一起来这里只是突发奇想，不是她的人生规划！

那些天里，杰弗斯，我经常想到持久性。它那么重要，而我们在行动和决定中却很少考虑。如果我们把每一个瞬间都看作一个永恒的状态，一个或许不得不永远停留的地方，我们在每一个瞬间里会做出多么不同的选择！或许最幸福的人就是那些大致遵守这条准则的人。他们不用瞬间来做抵押，而在每一个瞬间里，投入不受折损，也不造成折损，并且可以延续到所有瞬间的东西——但以这种方式生活，需要很强的纪律，和一定程度的清教徒般的铁石心肠。我不会责怪布雷特不愿牺牲自己。L从医院回来后不过两三天，就可以明显看出，她这辈子没有照顾过任何人、任何事，也不打算从现在开始照顾谁。

"我不希望你觉得我是一个讨厌的工贼。"她说。那天下午，她来告诉我，她的表兄——那个海怪——愿意飞过来接她回家。

我意识到我不知道布雷特的家到底在哪儿，结果发现她没有一个真的家——或者说，她有很多家，因此没有家。她住在她父亲在世界各地的这个或那个房子里，他如果要来，总会提前一星期左右通知她，让她有时间打包走人，因为她的继母不想看见她。她父亲是个有名的高尔夫球手——杰弗斯，连我都听说过——而且很有钱，布雷特唯一没学过的就是高尔夫，因为她父亲从没教过她。唉，人就是这样！我抱了抱她，而她几乎哭了，我说我认为她回到自己的生活里是完全正确的。但在我心里，我知道她走只是因为想要逃离 L 和他的不幸。尽管她那么美，有那么多成就，她对生活意义的理解，也不过是考虑事情合不合她的意。到头来，这有什么错呢？逃跑是布雷特的特权。我劝解自己说，这也是她的不幸，不过我大概只是想掩盖我对她的嫉妒。尽管她受到虐待，她还是自由的——她不用留在这里，像我们一样冥思苦想。

然而，她离开有一个好处，那就是她提出带库尔特一起走。据说她的表兄想找一个私人助理处理他的事务，似乎主要包括坐着他的私人飞机飞来飞去，过懒散而富裕的生活。布雷特觉得这份工作甚至有一些写作机会，因为她的表兄正在编写家族史，可能需要一些帮助。

"他不是很聪明，"她告诉库尔特，"但他在一家出版社有很多股份，会很关照你的。他甚至可能有办法出版你的小说。"

库尔特似乎认为这一切都是他应得的，而且 L 现在这么弱，他不再需要自告奋勇当我的保护者了。

就连贾丝廷都承认这样最好，尽管，如今分离在即，她有一点害怕。我告诉她，如果她想，她总是有办法再找到一个白人男子并被他抹杀。我说完，她笑了，而且出乎意料地说：

"谢天谢地你是我妈妈。"

于是，杰弗斯，我们沼泽生活的这一章节结束了，需要开始另一个更晦暗、更迷茫的章节。在那个时刻，我对这因我而起的闹剧是怎么想的呢？一切都进入了我无法控制的领域。我不曾有意识地觉得我可以或必须控制 L，我错了，我低估了我的宿敌：命运。你看，我似乎还是相信另一种不可阻挡的力量——叙事，情节，你想怎么叫它都行。我相信生活有情节，保障了我们一切行为都会以这样那样的方式被赋予意义，并且无论需要多久，事情总会变好。我不知道我是怎么一直怀着这种信念跌跌撞撞走了这么远的，但我确实这样相信。而且不说别的，正是这种信念让我没有一早就在路中间坐下，原地放弃。我身体里乐于谋划的部分——这是我意志的另一个名字，它有许多名字——如今直接对立于 L 在我身体里召唤或唤醒的那部分，也或许是我身体里认出他从而明确自身的部分：身份解体的可能性，释放的可能性，以及这种可能性所有宏大、难以理解的意义。正当我已经厌倦了性的情节——它是所有情节中最让人分心、最误导人的——或者说性的情节厌倦了我的时候，紧接着来了这个新的心灵计划，以逃避无法逃避的身体命运！是 L 代表了它，体现了它——已经溶解、让位的是他的身体，不是我的。他一直以来都害怕我，而他确实应该害怕我，因为虽然他口口声声说要毁灭我，看上去，好像是我先毁灭了他。尽管我没有放在心上，杰弗斯！我觉得，在他看来，我代表的是必死性，因为我是一个他无法用欲望抹去或改变的女人。换句话说，我是他的母亲，那个他始终害怕会吃了他、拿走本是她创造的形体和生命的女人。

那些动荡的日子里，我脑海中留下的画面是托尼，是布雷特跑来告诉我们 L 躺在第二处地板上的那天晚上的托尼。我们刚到第二处，看到 L，意识到他需要去医院，托尼就已经把 L 抱了起来，平静地把他抬出卧室。我想，L 该有多讨厌自己像个坏掉的娃娃一样被托尼威严地抬走！我先托尼一步到了主室，开了灯，所以当托尼抱着 L 穿过门口，第一次看见那幅亚当、夏娃和蛇的画时，我正注视着他。杰弗斯，他看清楚了那幅画，但没有丝毫犹豫或停顿，就好像他冷静、毫不迟疑地穿过熊熊大火，救出了纵火犯。那些时刻，我感觉自己被同样的火烧焦了：它离我很近地烧，近到可以用它炽热的火舌舔舐我。

众所周知，杰弗斯，L后期的作品复兴了他的声誉，并为他赢得了真正的名望，虽然我相信，那名望的一部分只不过来自死亡的光环附近冒出来的偷窥欲。他的自画像是名副其实的死亡快照，不是吗？中风那天晚上，他遇见了死亡，从此和死亡——也许不那么幸福快乐地——生活在了一起。但我个人还是在那些画像里看到太多自我的意象，无法避免，我想。这些画让人回想起他从前的样子：它们散发着执念，以及一种难以置信——这一切竟会发生在他身上！但自我是我们的神明——我们没有别的神——所以这些画在外面的世界引起极大兴趣与青睐。还有那些科学家，仔细分析着在L笔下被如此精确、优美地描绘出的神经病学案例证据。这些笔触阐明了他黑暗的大脑中所发生的神秘事件。艺术家善于描绘是多么有用！我一直相信，艺术的真相不亚于任何科学真相，但又需要保持其幻觉的地位。因此，我不喜欢 L 被当作某种证明并被拖入光芒之中。在当时，那种光芒和聚光灯无异，但有朝一日，它也很可能成为冷酷的审视之光，同样的事实可以被用来证明完全不同的事情。

但我想说的是那些夜晚的画，在那些画中，幻觉的力量没有屈服。那些画是在极短的一段时间里在沼泽画的。我想说的是就我所知的，它们的创作环境和过程。

布雷特走后，L 一个人留在第二处，很快我们就面临他该如何被照顾的问题。我知道如果我开始当 L 的护士，一直听他使唤，对我和托尼的关系不好：我去过那座悬崖，也往下看过，再没有什么能把我拖回那里！起初，托尼要为 L 做很多事，因为只有他有力气抬起、移动 L。L 在生活上也非常依赖托尼，尽管他对待托尼有些专横。他从医院回来后，行事变得乖戾、挑剔，并且一直有点口吃，但他像个货真价实的皇太子一样使唤托尼。

"托、托、托、托尼，你能不能移一下椅子，让它对、对着窗子？不不，太近、近、近了——再往后一点——对。"

第一天晚上如此强烈地震撼我的景象，我现在已经习惯了：托尼抱着 L，有时一直走到菜园尽头，如果 L 在那里有什么想看的。但就像我说的，L 很快恢复了身体控制，托尼用树枝给他做了一对漂亮的手杖，很快他就能一个人蹒跚地走来走去，但他还是完全不能给自己做饭或照顾自己。当他画画，需要选择或拿取材料时，很明显需要有人在一旁协助。令我惊讶的是，贾丝廷主动要求做这件事，因此托尼回归他平时的职责。比起平日的无所事事，我发现自己稍微多了一点任务，就是要照顾他们两个。

灾难能够解放我们吗，杰弗斯？如果我们遭遇一场近乎压垮我们的猛烈攻击，这能瓦解我们顽固不化的本性吗？L 康复初期，当一种新的、原始的、不成形的力量开始可见地从他身上散发出来时，我就在想这些问题。他身体里被撞开的大洞涌出了一股生命力，它没有自己的名字、认知或方向，而我看着他开始应对这股力量，试着衡量它。从医院回来三个星期之后，他画了第一幅自画像。贾丝廷向我描述了他经历的痛苦，他如何努力用他肿胀变形的右手握住画笔。他喜欢站着画画，她说，左手拿着手杖，镜子放在身旁。她帮他举着调色板，在他指示下选择和调配颜料。他手臂的动作缓慢、艰难，苦不堪言。他一直呻吟着，由于手的猛烈颤抖，画笔不断掉下来。做他的助手想必不会很愉快！那第一幅画，视线由对角滑落下来，世界从右上角流入，从左下角流出，粗暴得令人震惊——因为你还是能从其中、其后准确感知那个时刻。换句话说，这幅画虽然被抓伤，但还活着，而这种意识和物理实体之间的失调——以及看到这种失调被记录下来的恐惧，正如看到一只奄奄一息的动物时的恐惧——成为他自画像的独特风格，并成就了这些画的普遍吸引力，即使是在 L 能以更好的控制力完成它们的时候。

很快，L 想要出去，贾丝廷想出一个主意，在他脖子上用线挂了一个她从旧玩具箱里找到的玩具喇叭，因此他无论在哪儿，需要她的时候都可以捏一下橡胶球，按响喇叭。我担心 L 会认为这有损他的尊严，但实际上他似乎很高兴，觉得很有趣。我总能听到微弱的喇叭声从我们土地的这个或那个角落传来，像是一只在自然中来去无踪的鸟的鸣唱。

这个喇叭很管用，因为他开始游荡到很远，贾丝廷说，有时候他发现自己走不回来了，或者掉了什么东西，没办法捡起来。我看得出他的目的地是沼泽：他每天都离它更近了一点。一天下午，我遇上了他，他站在那艘被困在陆地的船的船头，就在我们第一次谈话那天的位置，这个巧合让我有些荒唐地惊呼：

"好多事都变了，但又什么都没变！"

当然，杰弗斯，也可以说虽然什么都没变，但好多事都变了，这样说一样正确，也一样毫无意义。没有改变的是 L 总会赐予我的那种否认、冷漠的眼神，尽管一向如此，我还是没有习惯他这么看我。他现在这么虚弱，但还是给了我这样的眼神，并且支支吾吾地说：

"你、你不会变。你永远不会变。你不会让自己变。"

你看，虽然发生了这么多事，我还是头号公敌！

"我一直在努力。"我说。

"只有真、真实的情感可以改变一个人。你会被卷走。"他说，我觉得他的意思是，我的一成不变会造成我的毁灭，就像风暴中因为无法弯曲而折断的树。

"我有保护。"我抬起头说。

"你走了很远，但我走得更远，"他说，我觉得他是这么说的，因为他现在说话比任何时候都不清楚，"而且我知道一种毁灭能越过你的保护。"

从此，这就是我和 L 所有来往的基调。他康复期间始终不渝地对我表达敌意，仿佛他的病情给了他解除压抑的大好机会。另一回，他和我说：

"你所有好的部分都给你女儿了。我真不知道那些好的部分走了以后，你还剩下些什么。"

他老是觉得我一直盯着他看。有时，他会用左手在我眼前打个响指，吓我一跳：

"瞧瞧你，像只饿猫一样用你的绿眼睛盯着我看——哼，我对你打响指。"

咔！

这一切突然让我吃不消了，有一天，我在系鞋带的时候晕了过去，对接下来的二十四小时没有任何记忆——我像是在度假，微笑着躺在床上，而托尼和贾丝廷焦虑地轮流坐在我身旁，握着我的手。我起床后，发现一个 L 的朋友来信问我能不能来探访。他说，他很担心 L，他们认识多年，但他更担心我，以及 L 在我的土地上病倒对我造成的窘境。L 的画廊经理还有一些钱要他转交给我，来补贴我在 L 身上的花销。于是，我短暂地去地狱走了一趟，回来之后，发现世界比之前稍微正常了一点。我回信给他，告诉他随时都可以来——他叫阿瑟——大概一周之后，一辆车停在车道上，他来了！

阿瑟很讨人喜欢，杰弗斯，他高大英俊，看起来温文尔雅，一头闪亮的深色头发。他一跳出车，还没做自我介绍，就哭了起来，让我大为惊讶。他逗留期间经常这样，每当他的同情心被唤起时。他经常边哭边说话，甚至边哭边微笑，仿佛这是一个完全正常、自然的现象，就像太阳雨。托尼被这个习惯逗乐了，每次阿瑟这么做，他都会大笑起来。

"我不是在笑，"托尼会告诉阿瑟，同时他的肩膀愉悦地颤抖着，意思是他不是在嘲笑他，"这挺好的。"

他俩成了很好的朋友，到今天也还是很亲近，称兄道弟，因此几乎像是托尼又找回了年轻时失去的亲人。我很高兴可以在某种程度上把这份收获归功于 L，因为除此之外，L 的存在没有给托尼任何好处。但那天下午，坐在他们中间，一个在哭，一个在笑，我确实在想，我的船最近停到了什么奇怪的港口！

阿瑟迫切地想要去见 L，他走了之后，我在主屋里给他收拾了一间房。几个小时后，他回来了，带着惊恐的神色，漂亮的头发像被冒犯到了一样根根直立。

"太令人震惊了，"他说，"不应该由你来承担责任。"

他认识 L 二十多年了，杰弗斯，可能比任何人都了解他的人生。在他很年轻的时候——他如今大概四十多岁——阿瑟当过 L 工作室的助手，那时 L 还很成功，需要一个助手。他陪 L 去各种开幕式，看着 L 像一个越来越难嫁的女儿那样在收藏家面前被兜售，阿瑟意识到他不想再和艺术圈有半点关系了，虽然他一度也想成为一名画家。尽管如此，这么多年来，他还是和 L 保持联系。确实，L 如今的境况大不如前了，他说，很多人都这样，鉴于最近发生的事，但 L 的衰落早在那之前就开始了，而现在他的财富和信誉都到了最低谷。他没有任何想要相认的家人，但阿瑟设法找到了一个与 L 同母异父的姐姐，他觉得他有办法说服她收留 L。她还住在 L 出生的地方。他同母异父的兄弟都死了。别的不说，当地政府总会照顾他，而且阿瑟愿意去做必要的安排。

嗯，杰弗斯，听到这话，在某种程度上是极大的宽慰，但同时我又无法忍受 L 被交付给阿瑟形容的那种命运。我多希望他从前能接纳我的好意，和我相处得更好，更温柔，更和善，更有来有往……

"你总不能养一条蛇当宠物吧。"阿瑟说。他是出于同情才这么说的，但也很准确。

尽管如此，我的内心还是很动荡，我总觉得如果我能更加慷慨，那么 L 就能被救下。但我是要从谁或什么东西手中救下他呢？我自以为已经准备好为 L 赴汤蹈火——不过他必须得履行他在这笔交易中的义务，心存感激，彬彬有礼，并且安于我为他提供的愉快、舒适的生活图景。但他永远不会这样做，也做不到！

"他不是你的责任，"看见我的痛苦，阿瑟重复道，与此同时眼泪从他面颊滑落，"他是一个成年人，自己赌了一把。相信我，他从来都只做自己想做的事，别人怎么想，他毫不在意。他的人生和你这样的人完全不同——他从来不会为了别人而麻烦自己哪怕一点点。承认吧，就算你在大街上生命垂危，被他看到了，"他好意地说，同时擦着眼泪，"他也不会帮你的。"

杰弗斯，尽管发生了这一切，一部分的我还是相信他会的。

"对了，你有没有看见他在那边画的东西？"阿瑟说，"那些自画像——它们简直不可思议。"

不得不说，尽管忧虑重重，但我们还是和阿瑟度过了一个美好的夜晚，他太有意思了。后来贾丝廷来加入我们，看到这个英俊的陌生人，脸红到了头发根，我看见她变得那么美丽，在某种意义上得到了完成——我想，这会不会是一个画家可能会有的感觉：看着画布，意识到自己做不了更多，也不必做更多了。阿瑟第二天早上走了，承诺会很快再联系我们，并且会尽快回来。他确实回来了，那时，事情又再次改头换面。

夏天过了一半，L 更像他自己了，尽管是一个萎缩、暴躁的版本。如今，他脸上带着一种无法形容的神情，杰弗斯——简单来说，那是一只小动物被大动物捕捉时知道自己无路可逃的神情。但那其中没有认命的意思，我想一只动物在捕获者嘴里时大概也不会有那种感觉，尽管它的命运已经无可逆转。不，那更像是保险丝烧断时灯泡的闪烁，几乎在同一个瞬间里亮着又熄了。L 被卷入一个漫长的光明瞬间。在我看来，他似乎在其中实现了他全部自我和存在的广度，因为他也同时看到了存在的尽头。在他的表达里，觉醒与恐惧难以区分。但那其中又有一种惊叹，好像是在惊叹他的存在本身。

大约在那时，贾丝廷开始说，L 现在白天睡得更多，晚上工作到很晚。天气很温暖，时常有又大又亮的月亮。她发现他开始在夜深的时候坐在船头边。早晨，她会看到他睡在主室的沙发上，无数速写散落在桌上。那是些水彩素描，她只能说是关于黑暗的图像，让她想起自己小时候多害怕黑暗，觉得能在黑暗中看见不存在的东西。

一天，L 问她，能不能找一个背包或挎包，他出门的时候可以装上材料。她确实给他找了一个那样的包，并把他指定的材料装了进去。她说，夜晚来临时，他开始变得焦躁不安，会在房间里疯狂走动，有时撞上墙，或弄翻家具，尽管他通常对她很友善、客气，如果她碰巧在他那种状态下造访，他有时会吼她。听了这些，我认为贾丝廷需要休息一个晚上。因为天气很暖，我提出这天晚上让托尼照顾L，而我和她可以去沼泽的某条小溪里游泳。不知为何，我们那个夏天没怎么游泳，虽然那是我最喜欢做的事。我们通常在白天游——距离我上一次这么浪漫地去月光下游泳，已经好多年了！于是，晚饭过后，贾丝廷和我拿上浴巾，把收拾的工作交给托尼，穿过菜园，沿着小路向沼泽走去。

那是多美的一个夜晚啊，月亮多么明亮，把我们的影子投在沙地上，天气多么温暖、无风，因此我们几乎感觉不到皮肤上的空气。涨潮了，溪水很高，乳白色的光泽覆在水上，月亮挂在最远的天边，在我们脚边点燃它冷白色的小径。然后，在这完美的时刻，我们意识到匆忙之中，我们忘了带泳衣！

唯一能做的就是裸泳，因为我们谁都不想再一路走回房子。但这个想法有一些禁忌意味，至少对我们而言，刚意识到我们的窘境，我就瞧见贾丝廷的迟疑。杰弗斯，孩子和家长之间日渐增长的身体上的尴尬是很难理解的，毕竟他们之间有肉体上的联结。贾丝廷到了懂事的年龄之后，我一直很小心，不会把我的肉体强加给她，但我花了更长时间才接受她自己对隐私的需要。我记得，她第一次对我关上门洗澡的时候，我感到惊讶——几乎是悲伤。我多少次不得不意识到，是孩子在教父母，而不是反之！可能不是所有人都这样，但就我而言，我很确定，在所有人的裸体里，贾丝廷最不想看到的就是我的，而我自己也已经有很多年没有看到她的裸体了。

最后，我和她说："我们都不看。"

"好吧。"她说。

于是我们尽可能快地甩掉衣服，大叫着冲进水里。我相信生命里有一些时刻不是遵循时间的规律，而是永远持续下去，那个时刻就是其中之一：杰弗斯，我仍然身在其中！最初的喧闹之后，我们很快安静下来，沉默地游着，月光下，水像牛奶一样又白又厚，我们身后留下巨大光滑的沟壑。

"看！"贾丝廷大叫，"这是什么？"

她游到了和我有一些距离的地方，浮在那儿，手臂在水面上上下下，于是水像融化的光一样顺着她的手臂流下来。

"这是磷光。"我说，同时举起自己的手臂，看奇怪的光在手臂上轻飘飘地流淌。

她惊奇地叫出声，因为她从没见过磷光，杰弗斯，我忽然意识到，人类接受事物的能力是一种与生俱来的权利，是在我们被创造的时刻就被赋予的财富，我们用这种财富来调节灵魂的货币。这种能力迟早会背弃我们，除非我们回报生活的与从生活中获取的一样多。我那时意识到，我的难处，在于找到一种方式把我接受过的所有印象交还，去向一个神明汇报，而尽管我渴望交出我身体里保存的一切，这个神明却从来、从来不曾到来。而即便如此，接受事物的能力不知为何没有背弃我：我渴望成为一个创造者，但我终究还是一个吞噬者。我明白我召唤L穿越好几个大洲，是因为我直觉上相信他能帮助我转变，解放我去进行创造。嗯，他顺应了我的召唤，但是似乎没有任何意义重大的事发生，只有一些我们之间灵光乍现的瞬间，穿插在那么久的挫折、空虚和痛苦里。

我游到小溪的尽头，转身，看到贾丝廷从水里出来到了沙岸上。她要么没有注意到我的视线，要么决定不注意到，因为她不慌不忙地走去拿浴巾，洁白的身形在月光下一览无余。她如此光滑、结实，没有瑕疵，这么新，这么有力！她像小鹿一样站着，骄傲地抬起鹿角。在水中，我在她的力量和脆弱面前畏缩不前。这个我创造的生物，似乎既是我的一部分，又在我之外，无法企及。她快速擦干自己，穿上衣服，我游到岸边，也开始穿衣服，这时，她抓住我的手臂，捏了一下，说：

"有人在那边！"

我们都看向小路后面长长的影子，确实有一个人影，像是在匆忙离开。

"是L，"贾丝廷嘲讽地说，"你觉得他在看我们吗？"

嗯，我不知道他是不是在看我们，但我确实没想到他能以这么快的速度离开！我们回到房子时，发现托尼根本没有照看L，而是在椅子上睡着了，于是我亲自去到第二处，确认一切无恙。灯没有开，但夜还是很亮，我很容易就找到了穿过林间空地的路，靠近时，我能清楚地透过没有窗帘的窗户，看进主室。不管我们在沼泽上看到的是不是他，L现在正站在他的画架前，月光在他身上、家具上和地上撒下苍白的光带，因此他看起来几乎像是物件中的一个。他全神贯注地工作，如此专注，以至于他几乎一动不动，虽然我知道他平时作画时通常很活跃。尽管如此，他纹丝不动。看着他，我意识到，最完美的行动是一种特殊的静止。他站得离画布很近，几乎像是在从中汲取营养，因此他挡住了我的视线。我站了很久，不想以任何笨拙的声音或动作打扰他，然后悄悄离开了。我感觉我见证了某种圣礼，那种只有在自然界才会出现的圣礼：一个有机体——从最小的花到最大的野兽——默默地、不被观察地证明了自己的存在。

杰弗斯，我多希望，在我对你描述的这段时间里，我对一切更留心，不是因为我不记得了，而是因为我没有像我希望的那样更多地生活其中。如果我们能提前知道应该关注生活中的哪些部分该有多好！比如说，当我们坠入爱情时，我们会格外留心，而之后，我们常常意识到当时是在自欺欺人。对我而言，L画他那些夜晚的画的那几周，与坠入爱情截然相反。我在一种低沉的、几乎没有意识的状态下四处走动，早上从床上爬起来，好像身体里装了什么死物。那种被生活欺骗了的感觉一直困扰着我，我记得有时会在镜子里瞥见一种讽刺、听天由命的表情爬上我的脸，我对它无能为力。我甚至不再尝试和托尼交流，这意味着我们的夜晚是沉默的，因为如果我不说话，没有人会说话。然而，正是在那些日子里，我一直希望的事情发生了——L 找到了一种方式来捕捉那不可言说的沼泽风景，并由此解锁、记录我灵魂里的一些东西。

贾丝廷告诉我，L 每晚都画一幅新的画，每次都重复同样的程序——几个小时里，他越来越激动，随后带着一包颜料冲出房子，一头扎进黑暗中。换句话说，那些画的创作几乎是一种表演，就像演员或别的表演者一样，他需要提前给自己上发条或鼓动自己。别的不说，我理应知道，结局快到了，因为这种极端的行为完全不能长久，但我当时只是怨恨这给贾丝廷带来的辛苦和担忧。我确实隐约感觉到 L 在他的夜间邂逅中，正在远离他自己，因此他一定在那里找到了什么，一遍又一遍追寻，但这只让我感到一种模糊而可疑的嫉妒，那是妻子怀疑丈夫出轨却不愿意向自己承认时的感觉。我只知道，L 任意行使着在我周围生活的权利时，离开了我，根本没有考虑我，就好像我不存在。

后来的一个下午，我出乎意料地撞见他，当时，我正沿着沼泽小路漫无目的地走——他坐在某块俯视溪流的礁石上。由于炎热，沼泽此时已经十分干燥，暗淡的黄褐色给人一种怀旧的感觉，你仿佛是穿越了时间与空间的距离在看它。微风里是星辰花的味道，对我而言，那是夏天的味道，而就连这种气味也似乎带着一种忧郁的调子，好像曾经、未来所有的快乐美好都无可挽回地留在过去。因为我感到和L那么疏离，如果不是他在我经过时转头，我想，我本会从他身边走过。最初，我确信他没有认出我，但几秒钟后，他十分友好地看着我。

"我很高兴你来了。"我在他身旁坐下时，他说，"我们没有相处得特别好，是不是？"

他说得十分含糊，漫不经心，尽管我为他的话感到惊讶，也同时在想他是不是真的知道自己在说什么，在对谁说。

"我不知道还能以什么方式生活。"我说。

"这都不重要了。"他说，以一种慈祥的方式拍着我的手，"那些都过去了。我们的感觉大都是幻觉。"

杰弗斯，我那时觉得，他说得好正确！

"我有一个发现。"他说。

"想和我说说吗？"

他空洞的眼睛看向我，看到那死掉的圆圈，我感到一阵痛苦。他不用告诉我他发现了什么——我看得一清二楚！

"这里太美好了，"片刻，他说，"我喜欢看鸟。它们让我发笑，它们这么乐于做自己。你知道，我们对自己的身体太残忍了，于是身体就不愿意为我们而活。"

我不觉得他是在说死亡，而是在说大多数人都没有活在自己的生命里。

"你从来都随心所欲。"我有些苦涩地说，因为在我看来他确实是这样，就像大多数男人。

过了一会儿，他开口，好像我什么也没说："但到头来，没有什么是真实的。"

我想我那时明白，他的疾病终于暴力而彻底地将他从他的身份、历史和记忆中解脱出来，于是，他终于可以清楚地看见一切。他看见的不是死亡，而是虚幻。我想，这就是他的发现，也是那些夜晚的画想表达的——那天下午，在沼泽上，我希望我问了他，你发现了这一点，然后呢？但可能就像我们其他人，L 也不知道答案是什么。于是，我们只是坐在那儿，看着群鸟在微风中飘浮、盘旋。大约半小时的静坐之后，我起身，他仍旧坐在那儿，似乎不打算走。但他抬头看了看我，忽然用他强壮、干枯、瘦削的手抓住我的手，并用同样含糊、不带个人感情的方式说：

"我知道你很快就会好起来的。"

然后我们道了别，我再也没见过 L。

托尼从菜园带回一大堆水果和蔬菜的收成。整整两天，我都被囚禁在厨房里，从早到晚，在腾腾热气中辛苦地焯水、装罐和封存。一天早上，我正在忙活，贾丝廷冲了进来，告诉我 L 走了。

"他怎么会走了？"我说。

"我不知道！"她叫道，同时递给我一张字条。

M

　　我决定向前看了。我终归还是想努力去一下巴黎。那些画你随便怎么处置都行，除了第七号。那是贾丝廷的。麻烦你交给她。

L

好的！半残疾的他，就这样出发去追寻他过去的性幻想，并决定再一次将他的破帽子丢进生命的拳击台里，欣然迎战。嗯，杰弗斯，我们试着查出他去了哪里，怎么去的，其间发生了各种各样的混乱，但最后，谜题轻巧地解开，一个男人向托尼提起，他开车带 L 去了车站，大约一周前，L 在房子附近的一片地里和他搭讪，请他帮这个忙。他们约了一个时间，L 提出要付他钱，他礼貌地拒绝了。那个男人以为这一切都是完全公开、光明正大的。在某种程度上，我想，确实如此。

　　我一直未能得知 L 旅程的具体细节，他是怎么在如此虚弱的状态下，从我们这儿的小车站进入世界、跑得那么远的，但众所周知，到达巴黎不久后，他死在一个旅店房间，因为又一次中风。消息传来后不久，阿瑟的车再次停在了我们的车道上，我们一起翻看所有东西，收拾好所有油画和素描，还有 L 的笔记本和其他材料，直到某天，一辆大卡车来了，把它们都带去 L 在纽约的画廊。没过多久，从那边开始的轰鸣声就传到了这里，我开始收到各种询问，请求提供信息，看到我的名字出现在迅速发表的关于 L 最后那些画的文章里。原来，他住在第二处的时候和不少人通信，并逮住一切机会对我和托尼百般攻击、诽谤，说我是一个控制欲极强、毁灭性的女人，至于托尼，L 相当痴迷地谈及他，总是差一点点就像在取笑、贬低他。

托尼对这一切都很平静，尽管他为 L 做了那么多，却在我们和 L 的来往里获益甚少。

"你信任过他吗？"我问托尼，因为我觉得他从来没有。

"只有野兽才从不信任任何人。"托尼说。

他对那些文章毫不在意，因为他认识的人都不会读刊登这种东西的报纸，但他观察到 L 的想法对我影响很大，并担心我和他在沼泽上的生活因此被毁了。

"你想去别的地方吗？"他问我。做这样的牺牲，简直像他提出要切掉自己的右臂。

"托尼，"我和他说，"你是我的生活——你是我生活的全部安定。有你在的地方，食物更美味，我睡得更安稳，我看见的东西是真实的，而不是苍白的影子！"

而我，从我还是个很小的孩子起，就一直被人讨厌，我已经学会与之共存，因为我喜欢的为数不多的人从来也都喜欢我——除了 L。因此，他的诽谤对我有一种罕见的力量。听到他说的那些关于我的可怕的话，我觉得，似乎整个宇宙中没有什么是稳定的，没有真正的真理，除了那个永恒不变的真理，那就是，除了一个人为自己创造的东西之外，不存在别的东西。意识到这一点，就是向梦想做最后的、孤独的告别。

杰弗斯，比起跳舞，更像是格斗，尼采是这样描述生活的！

于是我放弃了 L，在心里放弃他，填上我内心一直为他秘密预留的位置。有人写信问我，我的土地上是不是有 L 手绘的壁画，于是我去镇上买了一大罐石灰，和托尼盖掉了亚当、夏娃和蛇。我又重新挂上第二处的窗帘，告诉贾丝廷她可以把这个地方当作她的，供她使用，怎么用、什么时候用都可以。

她把她夜晚的画——第七号——挂在了那里：作为这幅画的所有者，她现在不同凡响地成了我认识的人里最富有的！尽管我不觉得她会卖掉它。但我愿意认为，不管他是不是有意的，L 给了她自由，不向任何人谋求生存手段的自由，这对一个女人来说仍然很难。当然，她爱上了阿瑟，因此还是需要玩那个碰运气的游戏——我想，从来都是如此。难道说，自由的很大一部分在于，在别人给你自由的时候，去接受它？难道说，我们每个人都应该视其为一项神圣的职责，同时也是我们能为彼此所做的极限？我很难相信是这样的，因为我一直觉得，不公正总是比任何人类的灵魂都要强大得多。自从我成为贾丝廷的母亲，决定以这种方式爱她起，我可能就已经失去了拥有自由的机会，因为我总是会为她担惊受怕，担心这个不公平的世界会对她做些什么。

那幅画是那个系列中较为奇怪的一幅，在我看来也是最神秘、最美丽的，因为与其他作品不同，画中有两个半成型的形状，在黑暗非凡的质地中，它们似乎由光组成。它们似乎在互相恳求，或努力融合，在它们的努力中，它们奇迹般地合二为一了。我经常去第二处看那幅画，看那两个形状之间的紧张关系在我眼前消散，从未厌倦。我愿意认为——当然是幻想——这就是那天晚上 L 瞥见贾丝廷和我游泳时看到的景象。

这些事过去几个月后，我收到一封盖着巴黎邮戳的信，里边有另一封信。第二封信是 L 写的，第一封信来自一个叫波莱特的人，她在信里说，她找了很久我的地址，因为她从 L 最后住的旅馆房间里翻出一封没有地址的信，她觉得是给我的。她读了许多关于 L 的文章，认为我一定就是信里的 M。她很抱歉这封信过了这么久才到我的手里。

我拆开了信封，杰弗斯，我的手并没有预想中颤抖得那么厉害。我相信我那时已经——现在也是——看穿了个人情感的幻觉，正如 L 那天在沼泽上描述的。许多曾经统治过我的热烈情感已经完全从我身上淡去。那么，从前，我为什么会允许任何情感驻留在我心里呢？我希望我已经成为，或正在成为，一个透明的渠道。我想我已经以自己的方式看见了 L 最后看见的、在那些夜晚的画里记录下来的东西。真理并不在于对现实的任何宣称，而是在现实超越我们对它的阐释的地方。真正的艺术意味着捕捉虚幻。你也这么认为吗，杰弗斯？

　　M

你是不是告诉过我，来这里是个坏主意？如果你这么说过，你是对的。在不少事上你都是对的，如果这么说能让你好受些的话。有些人喜欢听到这种话。

好吧，边缘就在这里，而我掉了下去。我在一家旅馆，又冷又脏。坎迪的女儿说好要来找我，但已经三天了，她没有来，不知道她还会不会来了。

我想念你的地方。为什么事情在发生之后都比发生时更真实？我现在希望我留在了你那儿，但当时我想走。我希望我们还住在一起的时候，能更互相体谅。现在我想不明白为什么我们不能。

让你付出的，我很抱歉。

这是一个坏地方。

L

本书的完成要感谢梅布尔·道奇·卢汉[*]出版于 1932 年的回忆录《陶斯的洛伦佐》(*Lorenzo in Taos*)，书中记录了 D. H. 劳伦斯在位于新墨西哥州的陶斯与她共处的日子。在我的版本中，劳伦斯的角色是一名画家，而非作家。我以此书向她致敬。

---

[*] 梅布尔·道奇·卢汉（Mabel Dodge Luhan，1879—1962），美国作家、艺术赞助人。

Photo by Siemon Scamell-Katz

真正的艺术意味着捕捉虚幻。